대기업 들어가면
끝나는 줄 알았는데

냥이 문고

대기업 들어가면
끝나는 줄 알았는데

유환기

행성B

차 례

프롤로그 그래서 오래오래 행복하게 살았답니다! 정말? ◇ 6

1년차 엄마, 아빠! 나 합격했어!

시작은 좋았지 ◇ 11

취업, 그 설렘에 관하여 | 숫자랑 덜 친해요. 분석은 좀 지루하구요 | 외근 다녀 오겠습니다 | 밥은 먹고 다니냐?

쉽지 않은 회사 생활도 시작되었지 ◇ 22

신데렐라가 회식 자리에 있었더라면 | 오늘도 불편한 대화를 나눈 당신에게 | 너 정말 지방 근무해도 괜찮겠어? | 그 후배는 당신에게 반하지 않았다

2년차 1년만 더 다니면 나아질 거라면서요!

둥글게 둥글게 회사에서 살아남는 법 ◇ 39

두루뭉술함의 미학 | 월급루팡은 과분한 별명입니다 | 그렇게 선배가 된다

가끔은 쉬고 싶다 ◇ 48

오늘 쉽니다 | 어디선가 너를 찾는 전화벨이 울리고 | 쪽잠을 잡니다 | 화장실 찰 무렵

마음이 뒤숭숭한 날 ◇ 59

풍문으로 들었소 | 생채기가 겁나기 시작했다

3년 차 승부는 삼세판, 직장 생활은 3년 차부터?

서울로 돌아왔다 ◇ 67
지방 근무여 안녕! | 여의도 표류기 | 야유회를 했다 | 낭만적 간식과 뱃살

새내기는 벗어났는데 ◇ 78
서른 살에 대한 고찰 | 사원증에게도 신입 시절이 있었다 | Don't judge a book
by its cover

그들의 언어에 익숙해지려면 ◇ 87
그들이 English를 쓰는 이유 | 죄송해서 죄송합니다 | 젊은 그대, 젊은 꼰대

4년 차 대기업 들어가면 끝나는 줄 알았는데

정글에서 살아남기 ◇ 97
누가 해외 출장 부럽다 소릴 내었는가 | 진작 좀 불러주지 그랬어요, 우리 애라
고 | 광팔이들의 시대 | 그날의 분위기 | 퇴근, 오늘이 세 시간 남았습니다

다른 길로 갔었더라면 ◇ 111
비전문직은 웁니다 | 실속 있는 친구들 | 의사라도 될걸 그랬어

끝나지 않은 미래를 위하여 ◇ 121
두 번째 신입사원 | 대기업 들어가면 끝나는 줄 알았는데 | 억지로 영어 공부 중
인데요 | 오늘 할 일, 내일 할 일

5년 차 좋은 사원을 넘어 행복한 사원으로

나를 위한 시간 ◇ 137
사과 예쁘게 깎던 어느 살림남 이야기 | 왜 돈도 안 되는 글을 쓰냐고 물으신다
면 | 기꺼이 저녁밥을 짓는 마음

조금 쉬엄쉬엄 할게요 ◇ 147
40퍼센트 | 사실 그때 나 야근 안 했었어 | 행복한 나르시시스트가 되겠어

어쩌다 보니 성숙해졌다 ◇ 157
슬기로운 친구 생활 | 아빠는 퇴근길에 종종 뭔가를 사 오셨다 | 그래서 이번엔
감사해 보기로 했다

에필로그 고마운 것들에 대한 감사만은 끝나지 않길 바라요 ◇ 166

그래서 오래오래 행복하게 살았답니다!
정말?

직장인이 가장 멍해진다는 오후 2시. 커피 한잔 하러 간 휴게실에서 예전 팀 선배를 마주쳤다. 육아에 한창이신 대리님은 요즘 아들에게 동화책을 읽어주고 계신단다. 동서양을 막론하고 동화의 결말은 언제나 비슷하다.

'그래서 공주님은 왕자님과 오래오래 행복하게 살았답니다.'

옆에서 빨랫감을 개키시던 형수님께서 흘러가는 말로 이러셨단다.

"정말 그 뒤로도 행복했을까?"

짧은 머리 교복남 시절 자주 듣던 말은 '대학교 들어가서'로 시작되는 것들이었다. If, Hopefully 유의 뉘앙스를 가진 그 말은 모호한 기대와 희망을 끌어안은 미래형 문장이었다.

대학 새내기 MT에서 선배들에게 진작 취업 준비하라는 얘기를 듣고서도 귓등으로 흘려보냈었는데 4학년이 되자 후회가 밀려왔다. 본격적인 취업 걱정이 우리에게도 찾아왔으니까. 대학교 들어가면 끝나는 줄 알았는데.

8학기를 마치며 곧바로 대기업에 취업했다. 여행도 떠났고 비싼 음악회 티켓도 척척 사면서 초년 시절을 만끽했다. 신입 물이 조금 빠지니 뒤에 가려졌던 회사원들의 애환이 눈에 들어오기 시작했다. 대기업 들어가면 끝나는 줄 알았는데 그게 아니었다.

사전에 양해 말씀을 드려야겠다. 불평 섞인 시니컬한 시선이 누군가에겐 불편할 거다. 사회 초년생의 유치한 넋두리라 생각할 수도 있다. 하지만 일상에 다독임만 있지 않듯, 현재에 대한 아쉬움은 우리를 더 좋은 내일로 인도해 줄 테다.

엑셀의 끝없는 행과 열처럼 이어지는 이야기. 기본의 기본이라는 VLOOKUP 함수도 몰라 허덕이던 시절을 꾹꾹 눌러쓴 우리 하루. 끝난 줄 알았지만 매번 또 다른 시작점에 서게 되는 직장인들의 일상이 여기 있다.

책을 준비하는 과정도 그랬다. 프롤로그만 들어가면 끝나는 줄 알았으니.

엄마, 아빠!
나 합격했어!

시작은 좋았지

취업, 그 설렘에 관하여

이따금 즐기는 카드나 화투 게임에는 '쪼는 맛'이란 게 있다. 손에 쥔 패를 살살 올려 확인할 때의 쫄깃하면서도 선득한 마음. 일상적이지 않은 긴장감이 온몸을 감싸면 낯선 설렘이 느껴진다. 너무 자주 하면 정신이 피폐해질 수도 있겠지만 가끔 경험하기엔 그리 나쁘진 않은 기분이다.

쪼는 맛 혹은 쫄리는(?) 맛. 게임이 아니더라도 그 감정을 체험할 수 있다. 취업 준비도 그중 하나다. 원서를 쓰고 면접을 보는 과정에서 폐까지 조여올 정도의 그 맛을 한껏 느낄 수 있다.

용돈벌이로 시작한 자전거 닦는 아르바이트가 '힘내라

청춘! 청춘 자전거 스타트업'이 되고 딱히 할 게 없어서 떠난 워킹홀리데이가 '진정한 나를 찾기 위해 떠난 영혼의 여행'으로 재탄생한다. 민망함에 손과 발이 오글대지만 어쩔 수 없다. 제목부터 눈길을 끌지 않으면 즉각 인사팀 쓰레기통 행이니까.

소금의 양을 구하다 성급한 일반화의 오류를 구별하고 친구 집에 가는 가장 빠른 경로를 찾아 겨우 도착한 면접실 앞. 면접 테이블의 중압감을 이겨낸 후 받은 합격 메시지는 한껏 조였던 횡격막에 평화를 가져다줬다. 엄마! 아빠! 나 합격했어!

애지중지하던 새 신발 뒤축을 대충 구겨 신게 되는 순간은 생각보다 빠르게 다가왔다. 세상을 다 가진 것 같던 설렘의 크기와 익숙함의 반비례 공식도 깨쳤다. 붙여만 주면 충성하겠다는 다짐은 기대보다 적은 월급과 기대보다 긴 근무시간에 대한 불만에 점점 희미해져 갔다.

설렘이 전부였던 초년생 시절은 가고 이제는 새로운 것들이 그 자리를 메웠다. 32년 근속하신 아버지에 대한 경외감, 나는 3년이라도 다닐 수 있을지에 대한 의구심, 3일 전이나 후나 한숨 나오는 일상까지.

정신없이 달리기만 하다 보니 이후에 대해선 생각해

보지 못했다. 그놈의 쪼는 맛을 견뎌내고 도착한 곳에서 마저 신경 쓸 게 이리 많은지 몰랐다. 불행 중 다행인지 설렘이 사라진 곳에는 맷집이란 이름의 근성이 돋아나 있었다.

취업의 설렘. 새로운 시작에 대한 기쁨일지 곧 찾아올 비극 전 최후의 만찬일지는 모르겠지만 이 마음 일단 잘 간직해야지. 인생의 새로운 장을 열었다는 이유만으로도 너무나 소중한 감정이니까.

숫자랑 덜 친해요. 분석은 좀 지루하구요

나는 대학교에서 경제학을 전공했다. 경제학도로 4년을 보내며 듣던 가장 많은 말은 "네가 경제? 보기와는 달리 똑똑해 보여." 두 번째로 많이 들었던 건 "경제? 어렵겠다!"였다. 그리고 스스로 가장 많이 들던 생각은 내가 숫자랑 참 안 맞는다는 거였다.

중학교 땐 수학과 친해지고 싶었다. 방학이면 학원을 세 개씩 다녔고 자의 반 타의 반 수학책만 들여다본 날도 있었다. 덕분에 제법 친해졌다. 아니, 친해진 줄 알았다. 억지로 끌고 온 수학과의 관계는 버거웠고 고등학교 2학년에 접어들며 결국 놓아주기로 했다. 그리고 대학교에

입학했다.

　돈을 불리는 법을 배우려 선택한 경제학과에서는 돈을 아끼는 법을 가르쳤다. 한정된 자원을 효과적으로 쓰는 게 경제학의 핵심이라나 뭐라나(아차 싶던 개론 수업 후에 뒤도 안 돌아보고 떠났어야 했다). 각종 사회 현상을 숫자로 해석하는 경제학을 공부하려면 수학이 기본이었다. 미분적분학, 경제 수학, 계량경제학처럼 이름부터 대놓고 수학 기반인 수업들을 들어야 했다. 여우 피하려다 호랑이 만난다더니. 전과하려면 성적이 좋아야 했으니 거의 불가능해 보였고 새로 입시를 하기엔 귀찮았기에 그냥 계속 다니게 됐다. 쉽지 않은 졸업 후에 드디어 회사에 들어갔다. 내 인생에 더 이상 숫자는 없을 거라 생각하며.

　나는 영업직으로 지원했다. 영업을 제외하면 안 그래도 몇 안 되는 문과 직군은 채용 정원이 턱없이 적고 공고도 드물었기 때문이다. 더욱이 두 팔 걷어 돈을 벌어들이는 영업이야말로 기업의 꽃이라고 생각했다. 그렇게 하루의 시작과 끝을 숫자와 함께하는 나날이 시작됐다. 이번에는 그것들을 분석하는 작업도 추가됐다. 업무는 경제학과 묘하게 닮아 있었다. 업무할 때 느끼는 고충도 경제학을 공부할 때와 비슷했다. 눈이 핑핑 돌아가는 국내외 숫자들을 풀어내 의미를 부여하기. 똑같이 한숨 쉬며 시작했다 한숨으로 마무리되는 일상들까지.

수(數)를 읽고 해석하는 게 회사에서 매우 중요하고 필요한 일임에는 이견이 없다. 그렇지만 내게도 그런지는 사실 잘 모르겠다. 설령 그렇다 해도 힘든 걸 견뎌내며 굳이 계속해야 할 의미가 있는 건지도 모르겠고.

'경제를 공부해 두면 어떻게든 도움이 될 거니까', '분석이야말로 문돌이들의 살길이니까'라는 생각. 당장 상황을 바꿀 수 없으니 일단 현재의 선택을 최선으로 만들어보자고 생각한 건 긍정적인 사회화 과정이었을까, 자기합리화일 뿐이었을까.

숫자가 싫어 문과를 택했지만 대학교에서 다시 만나게 됐고 직장에서도 계속 함께하게 되었다. 그 세월을 생각하면 인연인가 싶기도 하다. 그럴더라도 지긋지긋하고 거리 두고 싶은 속내는 어쩔 수가 없다. 하다 보니 처음보단 편해졌지만 여전히 숫자와는 서먹하고 분석과는 어색하다. 가까이 있지만 너무 멀게 느껴지는 우리 사이는 앞으로 어떻게 될까?

누군들 좋아서 하겠냐면서, 어떤 일이든 하다 보면 결국엔 어울리는 일이 되는 법이라는 점잖은 충고에 고개를 갸웃거리는 사람들이 있다. 지금 일에 흥미가 떨어지고 있다는 직장인들, 앞으로도 그러긴 힘들 것 같다면서도 그냥 발 담그고 산다는 회사원들 이야기다. 시작할 땐 나름 열정이 있었을지 몰라도 지금은 어쩌다 하게 돼버린 일을 계속하고 있을 뿐이란다.

외근 다녀오겠습니다

나는 영업맨이다. 영업을 담당하는 회사원. 영업의 상징은 외근이다. 자연히 내근만큼 외근으로 보내는 시간이 많다. 옆에 계시던 과장님이 갑자기 안 보인다면? 외근 가신 거다. 건너편 선배가 점심시간이 지나고도 자리에 없다면? 외근 나간 거다.

거래처들은 얄궂게도 여기저기에 퍼져 있다. 가까우면 사무실에서 40분, 멀면 고속도로를 타고도 2시간은 족히 걸리는 곳들이 수두룩하다(동기네 거래처는 편도만 해도 200km가 넘는다니 조용히 속으로만 불평한다).

사옥에서 경주 거래처까지의 거리는 85.2km. 100km는 돼야 좀 멀리 간다고 말할 수 있겠지만 매주 다니기엔 심심찮게 멀고 홀로 운전해서 가기엔 더 아득히 느껴지는 거리다. 놀러 갈 때도 피곤한데 일하러 가는 길은 오죽할까? 와이퍼를 아무리 빠르게 움직여도 앞이 제대로 보이지 않는 폭우 속에서 씽씽 달리는 날엔 이러다가 사고라도 나면 어떡하나 걱정도 된다.

　차 트렁크 안은 판촉물로 가득 찼다. 뒷좌석 시트 쿠션은 무거운 박스에 눌려 있다. 어제 다녀왔던 100km를 오늘 다시 한번 오갈 땐 보따리장수라도 된 것 같다.

　팀장님은 매일 나가서 일하라신다. 책상이 아닌 현장에서 답을 찾으라신다. 문제는 챙겨야 하는 내근 업무 양도 만만치 않단 점이다. 발로 뛰는 건 분명 중요하지만 그러기 위해서는 먼저 사무실에서 준비해야 한다. 현장 점검을 위한 데이터를 분석하고 자료를 만들고 유관 부서와 협의까지 해야 하니 여러모로 정신없다. 그러거나 말거나 오늘도 나가라며 호통 일갈(一喝)하시는 팀장님이다.

　"야, 사무실에 있지만 말고 현장 나가라!"

　싸울 때 선빵이 중요하듯 회사에서도 혼나기 전에 나서야 한다. 나가기 싫은 마음에 눈치를 보다 오늘도 한발 늦었다.

　"준비 중이었습니다. 외근 다녀오겠습니다!"

　회사 밖에서 더 많은 시간을 보내고 사내 동료들보다 외부 파트너들과 더 자주 연락하게 되는 영업인의 길이 처음엔 정말로 가시밭이라고 느껴졌었다. 실제로도 비슷했고.

　그렇지만 외근이 기다려지는 날도 간혹 있다. 사무실

을 나오면 세상이 바뀐다. 따뜻한 햇살과 맑은 공기가 기다렸다는 듯 맞아준다. 하늘은 누르스름한 사무실 석면색이 아니라 파란색이었다. 고함이나 타자음이 아닌 바람소리와 새들의 지저귐이 귓가를 맴돈다. 비록 일하기 위해 나온 거지만 혼자만의 시간이 보장되기도 하니 그걸로 위안 삼는다. 적어도 거래처로 향하는 차 안에서는 음악을 크게 틀기도 하고 친구와 통화하며 잡담도 할 수 있다. 업무시간에 혼자 있다는 것 자체가 일단 큰 위안 거리다.

외근을 위해서가 아닌 외근 삼아 도착한 가을의 경주는 은근히 운치가 있었다. 핫플레이스라는 황리단길은 나처럼 분위기 있는 남자가 걷기에 딱이고 고분들 사이를 걷노라면 기분이 묘하게 안정된다. 외근 나가기 싫다면서도 경주빵 하나 입에 물고 옛 가옥들을 구경하는 난 내심 이곳을 즐기고 있었나 보다.

오늘도 경부고속도로를 따라 나는 달린다. 일을 위해 운전하는 건 썩 유쾌하지만은 않지만 최대한 여행처럼 즐겨보려는 마음과 함께.

밥은 먹고 다니냐?

인사를 밥 먹었냐는 말로 대신하는 나라는 아마도 몇

없지 싶다. 밥때면 희한하게 아는 사람들을 마주치곤 한다. 그리고 인사를 한다. "안녕하세요?" 대신 또 하나의 인사말인 "식사하셨어요?"로. 식사하셨나니, 자주 보는 사이든 누구를 만나든 간에 건네면 친밀감이 추가되는 이상하고 아름다운 인사말이다.

분명히 인사말이랬는데 다투었거나 한쪽이 삐쳐버린 상황에서 사용하면 관계 개선에도 살짝 효과가 있는 신묘함을 갖춘 말이기도 하다. 싫은 티 팍팍 내는 와중 옆에서 살살 웃으며 아양 떠는 후배를 보고 있으면 더 이상 분위기 잡기도 무안해지니까.

"에이~ 형님, 아직도 기분 나쁘세요? 화 푸세요. 밥은 맛난 거 드셨어요? 제가 완전 맛있는 찜닭집 아는데 같이 가시죠! 오늘 동생이 쏜다!"

저놈과는 상종도 안 하겠다는 처음의 굳은 마음과는 달리 막상 저런 말을 들으면 노여움도 누그러든다. 밥그릇을 비울 때쯤이면 언제 싸웠냐는 듯 다시 가까워져 있기까지 하다. 식사는 하셨냐니, 생각해 보니 참 앙큼하고도 얄궂기 그지없는 말이다. 그만큼 밥이라는 게 우리 삶속에서 중요하기 때문이겠지. 한 나라의 인사말이 식사했냐는 물음으로 시작된다는 건 그네들의 삶 속에서 밥이 차지하는 비중이 그만큼 크단 걸 거다. 밥을 못 먹으면 건강이 안녕하지 못하니 당연한 건가?

하루는 아침, 점심, 저녁으로 구분되어 있고 누구나 매끼 균형 잡힌 식단으로 차려진 식사를 하고 싶어 한다. 하지만 바람과는 달리 식탁 위 3라운드 경기에서 매번 K.O 패를 당하고 있는 오늘의 직장인들.

기상. 1라운드를 올리는 종이 울렸다! 선택해야 한다. 조금 일찍 일어나서 아침밥을 먹을지, 그냥 잠이나 더 잘지. 결국 수면욕이 식욕을 이기고 만다. 10시 언저리가 되니 급격한 배고픔이 밀려온다. 가뜩이나 배도 고픈데 아침부터 회의란다. 혼나서 마음 쓰린 와중에 공복에 마신 커피로 속까지 쓰리다.

점심시간. 2라운드야말로 공식적인 식사 시간이다. 부대찌개에 라면 사리와 햄 사리까지 때려 넣어 밥 한 공기를 뚝딱 해치웠다. 종일 열심히 일해야 하니 점심은 많이 먹어도 살 안 찐다며 자기합리화를 한다. 밑반찬 더 달라며 식당 이모님을 몇 번이나 귀찮게 했는지 모르겠다. 밥도 먹었겠다, 입가심으로 휘핑크림을 꼭대기까지 올린 라테도 한 잔.

퇴근 후에 시작되는 3라운드. 미세먼지가 날로 심해지는 이 시국에 폐 건강을 위해서라도 삼겹살을 먹어줘야 한다. 오늘 하루도 하얗게 불태운 나를 위해 건배! 밤은 저물어가고 입가엔 기름기와 더불어 미소가 맴돈다. 뭐, 이런 게 직장인의 하루니까.

밥은 먹고 다니냐는 물음의 참뜻은 그냥 먹었냐는 말이 아니라 '잘' 챙겨 먹고 다니냐는 거다. 오전엔 주린 배를 움켜쥐고 저녁엔 부른 배를 두드리는 손을 슬그머니 뒤로 감추게 만드는 질문이다. 배는 고픈데 아랫배는 나와 있고, 배는 빵빵한데 영양은 불균형한 이 모순적인 현상은 바쁜 일상과 치열한 사회생활, 그로 인해 누적된 피로 때문이겠지.

영국의 수상 윈스턴 처칠은 1965년 연설 중 '역사를 잊은 민족에게 미래란 없다'라는 명언을 남겼다. 민족의 미래를 만드는 것이 역사라면 개인의 내일을 만드는 건 매 끼의 식사다. 규칙적인 식사를 잊은 직장인에게 발전은 있을 수 없다. 바람직한 식습관을 잊은 회사원에게 승진은 없을 수도 있다.

말도 몇 번 못 섞어본 옆 팀 과장님도 밥 잘 먹었냐며 말을 거는데 정작 스스로는 잘 챙겨 먹고 다니는지 관심 없을 때가 많다. 그냥 한 끼 때운다며 컵라면이나 먹고 야근한 적은 없었는지 새삼스레 반성이 되는 오늘 하루.

어때, 넌 밥 잘 먹고 다녀?

쉽지 않은 회사 생활도
시작되었지

신데렐라가 회식 자리에 있었더라면

"슬슬 일어나시죠. 12시까진 들어가야 해서."

과장님의 말에 술기운에 감기던 눈이 번쩍 떠졌다. 옆 자리 선배들과 눈이 마주쳤다. 같은 눈빛. 역시 사원들의 마음은 하나다. '집 가고 싶다…… 집에 가고 싶다.' 맘속으로 몇 차례나 되뇌었는지 모르겠다. 이제 집에 가잔 말이 목구멍까지 차올랐지만 차마 할 수 없었다. 집에서 계속 전화가 온다며 귀가하겠다는 분을 바로 아래 후배가 격하게 붙잡았다.

"선배가 무슨 신데렐라야? 가긴 어딜 가!"

모두가 아는 동화 속의 신데렐라는 12시가 되면 마법에서 풀려난다. 휘황찬란한 드레스는 다 해진 옷으로, 멋진 마차는 호박으로, 유리 구두는 낡은 신발로 돌아간다.

회식 전 단정히 차려입었던 셔츠는 풀어 헤쳐졌고 깔끔하게 빗어 넘긴 머리는 땀에 젖어 산발이 된 지 오래. 얼굴은 불 때문에 벌겋게 달아올랐고, 바지엔 기름까지 튀어 엉망이다. 여기에 알딸딸하기까지 하니 이런 생각이 든다. 신데렐라가 여기 있었더라면 과연 제때 집에 갈 수 있었을까?

짐작건대 힘들었을 거다. 유럽 어느 나라의 시민으로 추정되는 신데렐라는 그 나라 파티장에선 자유로이 나올 수 있었겠지만 한국 회식 자리선 꼼짝없이 붙잡혀 있었을 거다. 마법 유지 시간이 얼마 남지 않았다는 개인적인 사정을 대봤자다. 애써 걸어놓은 마법이 풀려 다 떨어진 옷과 구멍 뚫린 양말도 잊은 채 열심히 소맥이나 말고 있었겠지. (어이 신입사원! 잔말 말고 한잔 따라봐!)

회식(會食)의 사전적 의미는 '여러 사람이 모여 음식 따위를 먹는 일'이다. 실제론 먹다 체하지만 않아도 선방이지만. 밥 먹는 자리에서 어쩌면 그렇게 일 이야기가 많이 나오는지 누가 이번 주에 뭘 못 했니, 옆 팀은 실적이 어떠니 하다 결국 대놓고 훈계 시간이 되고 마는 회식 자리. 회식이 있는 날이면 맞선배는 늘 팀장님 옆자리에 나를 앉혔고 (막내의 자리라고 했다) 이를 '마크하기'라고 불렀다. 회식 날이 다가오면 어찌해야 할지 전날 밤부터 고민할 정도였다. 단 한 번도 도망가는 데 성공한 적은 없지만.

명당은 좌청룡 우백호 지형이고 흉당은 좌선배 우팀장 님이렷다. 엄격 근엄한 연설 중에 고기는 타들어 가고 그걸 뒤집어야 할지 고민하는 내 마음도 타들어 간다. 불판 위 고기 핏기는 사라져 가는데 눈은 점점 더 빨개진다. 태우면 혼날 거 같지만 지금 상황에 눈 돌리긴 더 그렇고 그 와중에 시간은 계속 흐른다. 아, 집에 가고 싶다.

몸이 좋지 않아서 그러니 오늘만 불참해도 괜찮겠냐고 조심스레 말을 꺼내면 십중팔구 "회식도 업무의 연장인 데." 하며 혀를 끌끌 차는 소리를 듣게 된다. 그렇다. 술 이 좀 들어갔다 싶으면 으레 나오는 업무 이야기는 식당 을 제2의 사무실로 만들고 마니 회식은 업무의 연장임에 틀림없다. 회식 자리에서 흥이 오른다면 그건 단지 술기 운 때문만은 아닐 거다. 회사라는 집단에서 본인이 어느 정도 자리를 다져놓았다는 자신감과 더불어 어떤 형태로 든 성과를 내고 있다는 만족감도 한몫했겠지.

회식 후 피로해진 몸을 이끌고 침대에 누우면 다음엔 무슨 핑계를 대서라도 기필코 회식에 빠져야겠다고 다짐 하지만 언제나 그랬듯 다시 회식에 참석해 술을 마시고 미소를 지으며 대화를 나눌 것이다. 오늘도 쇼윈도 화합의 장에서 제 몫을 해내고 있는 직장인들이다.

술과 달빛 없이도, 고깃기름에 얼굴이 번들거리는 곳에서 밤을 지새우지 않아도 우리는 충분히 친목을 도모할 수 있다. 신데렐라도 마법이 풀리는 12시면 집에 들어간다. 얼굴에 자본주의 미소를 띄워주는 내 마법은 퇴근 시간 5시 30분에 풀리는데, 우리 제발 1차만 하고 집 좀 들어가면 안 될까요?

오늘도 불편한 대화를 나눈 당신에게

점심시간이 되자 대각선 방향에 앉아 있던 선배가 조용히 의자를 밀며 일어섰다.

"팀장님, 저 약속이 있어서 식사 좀 하고 오겠습니다."

2분쯤 지났을까? 맞은편 선배도 약속 나가야 한단다. 부장님은 병원 예약을 해 놓았다며 진작에 나가셨다. 입안이 살살 말라오기 시작했다. 평소에 약속이 별로 없던 옆자리 대리님까지 일어나는 모습을 보면서 큰일 났다 싶었다. 어쩌면 팀장님이랑 단둘이 밥 먹어야 할 수도 있겠다는 생각과 함께.

월요일에는 점심 약속을 잡지 않는 편이다. 몸이 다시

출근에 익숙해지는 적응의 시간을 보낸 만큼 혼자 얼른 먹고 올라와 좀 쉬고 싶어서. 가는 날이 장날이라고 팀원들 모두 점심 약속이 있는 경우가 종종 있긴 한데 그럴 땐 팀장님도 약속이 있으시길 기도할 뿐이다. 밥 먹자는 말을 칼같이 거절하기엔 아직 짬바가 부족하다.

누군가 내 뒤에 서 있는 서늘한 느낌이 들었지만 돌아보지 않았다. Alt+Tab 키와 마우스를 빠르게 눌러대며 열심히 바쁜 척을 했다. 하지만 어깨를 톡톡 치는 다정한 손길에 무너져버린 몸과 마음……

"혼자 남았네? 점심 약속 있나?"

구내식당이 위치한 지하로 내려가는 엘리베이터 앞에는 하필 우리 둘뿐이었고 거기서부터 정적의 시작이다. 20초가 이렇게 길었나. 감사하게도 (정말 감사할 일인진 모르겠지만) 팀장님께서 그 적막을 깨주셨다. 주말에 뭐 했냐는 상사 공식 질문으로 시작해서 몇 마디를 주고받았다. 나도 나름대로 최선을 다해 자연스레 웃고 성실하게 답변했지만 할 말이 없어 땀이 삐질 나는 것이 참 힘들다 싶다. 팀장님도 마찬가지셨겠지. 행여 버릇없어 보이지 않게 그리고 꼰대 같아 보이지 않게 각자의 위치에서 부단히도 노력했다만 우리 사이에는 넘을 수 없는 차원의 벽이 오늘도 서 있었다.

지난주에는 부장님과 단둘이 밥 먹었다. 그날도 둘을 제외한 모두가 점심 약속이 있었고 (심지어 팀장님까지!) 둘이 내려가서 후딱 먹고 오자시길래 한 5초간 고민하다가 그러자고 했다. 부장님은 그나마 말수가 적은 분이셔서 대충 웃음으로 대답을 때울 수 있어 할만하다.

　　팀원으로서 또 후배로서 먼저 다가가려 노력도 자주 하지만 가끔은 날 길들이려는 듯한 느낌에 다섯 발짝은 뒷걸음치게 되는 것 같다. 아무리 좋은 관계도 업무적으로 얽히면 삐그덕댄단다. 아무래도 우리 사이를 위해 둘 중 하나는 팀을 옮기거나 퇴사를 해야 할 것 같다. 농담인 듯 농담 아닌 농담 같은 진담.

　　북극곰과 사막여우처럼 살아온 삶의 결이 다른 관계가 있다. 그건 마치 수성에서 온 팀장님과 명왕성에서 온 신입사원. 잘 챙겨주려고 하다 '오지라퍼'가 되고 말았다는 팀장님과, 시키지 않아도 이것저것 열심히 했지만 결국 '요즘 것들' 소리를 듣는 신입의 사정은 둘 다 딱하다. 단순히 직장 연차가 차이 난다고 보기엔 달라도 너무 다른 사이. 모든 게 빠르게 변하는 시대에 엉거주춤 올라서 있는 팀장님의 사원 시절과 지금의 사원들은 비슷한 듯 희한하게 참 다르다.

　　오늘도 불편한 대화를 나눴다. 농담을 받아내는 내 입

꼬리에 이제는 좀 적응된 건지 나조차도 헷갈렸지만 역시나 자본주의 미소일 뿐이었다. 회사 생활의 모진 풍파를 다년간 맞아온 팀장님과 옷깃이나 젖었을까 싶을 나 사이의 벽은 아직 단단해 보인다. 이해하는 척 편해진 척할 수는 있겠지만 진짜로 그렇게 되려면 아마 좀 더 오랜 시간이 지난 후가 아닐는지?

너 정말 지방 근무해도 괜찮겠어?

대부분의 기업 공채에서 필수로 물어오는 항목이 있다. '지방 근무가 가능한가?' 서류에 이어 면접에서도 묻곤 하는, 어떻게 대답해야 할지 늘 고민되는 질문. 특히 영업이나 직군 통합으로 뽑는 상황에선 등장 빈도가 특히 높은 편이다.

신입들은 입사하자마자 통과의례를 거친다. 배치 면담이라는 이름의 지역 근무자 선출 면담이다. 면담방에는 비장함마저 감돈다. 빈틈을 보이는 순간 지방행이기 때문이다. 누군가는 지역 근무를 해야 하지만 그게 나는 아니었으면 하는 게 솔직한 심정이다.

'지방으로 보내신다면 그만두겠어요!' 정도의 굳은 심지를 보이면 덜 보내긴 한다만 그것도 공공연한 모두의 전술이 돼버릴 시엔 곤란해진다. 어느 기수에는 신입사원 전원이 퇴사카드를 빼들었고, 분노한 인사담당자가 그냥 다 퇴사하랬다는 전설 같은 이야기도 전해온다. 물론 아무도 나가지 않았다고 한다. 가장 진퇴양난의 상황에 놓인 건 대학은 서울에서 나왔지만 지방에 연고가 있는 친구들이다. 홈타운으로 가지 않아야 하는 명분이 없어 꼼짝없이 팔려갈(?) 수밖에 없다. 바로 나처럼.

지방 연고자인 나의 배치 면담은 정말 짧았다.

"어, 너 대구 살았었네. 거기서 엄마 밥 먹으면서 출퇴근하면 좋겠다. 그치?"

올 게 왔구나. 지방 연고자는 지방 발령 1순위일 것이란 추측이 맞아 떨어졌다.

"그렇긴 한데 대학은 서울에서 나와서요. 되도록 서울에서 근무했으면 좋겠습니다."

그는 들은 척도 안 하고 그냥 웃었다. '응. 너 지방 근무 확정.' 이렇게 말하는 담당자의 목소리가 들리는 듯했다. 그러더니 딱 한마디를 했다.

"근데 너 입사 지원서에 지방 근무 가능 여부에 체크했더만?"

지방 연고가 있다는 사실에도 꿋꿋이 서울 근무를 하고 싶다고 어필했지만 이 말을 듣자 그저 말문이 턱 막힐

뿐이었다. 면담을 마치고 돌아왔더니 동기들이 왜 그렇게 빨리 끝났냐며 화장실 다녀온 줄 알았다고 했다. 그들을 뒤로 하고 동대구행 기차표를 보기 위해 어플을 켰다.

4년간 정들었던 상도동 자취방 정리를 한 날은 하늘이 유난히 푸르렀다. 짐을 싸고 밖으로 나와서 기지개를 켜는데 비흡연자임에도 왠지 담배가 피우고 싶었다. 청운의 꿈을 안고 올라온 서울 생활을 잠시 접고 고향으로 돌아갈 준비하는 시점. 자발적으로 내려가는 건 아니었지만 왠지 시원섭섭한 이런 타이밍엔 먼지 묻은 손을 바지에 슥슥 닦은 뒤 담배 한 대 딱 물어줘야 할 것만 같아서.

그렇게 대구에서의 지방근무의 막이 올랐다. 처음엔 지방 근무를 하게 된 현실을 받아들이기 힘들었다. 고향 집은 명절에나 잠시 내려오는 곳이었는데 여기서 앞으로 몇 년을 지내야 한다니. 며칠 후면 다시 올라가야 할 것 같아 쉽사리 짐을 풀질 못했었다. 그래서 한 달간은 캐리어에서 옷을 꺼내 입었다. 세탁된 속옷을 받아들고 캐리어에 도로 넣는 아들의 기행을 어머니는 별말 없이 바라보셨다.

나는 대구사람임에도 대구를 잘 알지는 못했다. 고등학생 때까지만 대구에 살았고 그 이후엔 서울로 올라와 대학을 다녔으니 기껏해야 살던 동네 아니면 학원 근처의 지리밖에 몰랐다. 식당이며 공원이며 어디든 엄마 아빠 차에 실려 이동했으니 어쩌면 당연한 것이었다. 영업맨은 자차로 거래처며 각종 장소들로 이동해야 하는 경우가 많았고 그제야 나는 대구와 인근 도시들의 구석구석을 알아가게 됐다. 예를 들면 어딘지는 대충 알았지만 이름은 몰랐던 대구의 맛집 거리 '들안길'처럼(경상도 사투리 네이티브임에도 거래처 사람들에게 발음 지적을 꼭 듣곤 했던 단어였다. '뜰-안길'을 왜 '들안길'이라고 발음하냐고. 내가 듣기엔 같았는데).

　대구에 친구들이 많이 없어 심심하기도 했다. 대구에서 초·중·고등학교를 다 나왔지만 대부분이 그렇듯 초·중학교 친구들은 진작에 연락이 끊겼고 고등학교 때 친했던 친구들은 나처럼 서울로 대학 진학을 했다. 나는 지방으로 내려가 참석이 어려워졌지만 친구 모임은 변함없이 주기적으로 진행됐다. 모임 장소도 강남역이나 이태원으로 같았다. 변한 건 나의 빈자리뿐이었다. 주말 모임 참석을 위해서 서울에 올라갔다 올까 했지만 이내 그 생각을 접었다. 주중에 막 굴려지니 주말에라도 푹 쉬어야 하는데 오가며 쌓일 피로까지 감당할 자신이 없었다. 친구 자취방 바닥에 누워 자는 것도 불편할 것 같았다. 내가 없는 술자리 사진이 단체 메신저방에 올라올 때면 우리 사이가 서울-대구 간 물리적인 거리보다 더 멀어진 것처럼 느껴졌다.

그런 센치한 날에는 지방 발령 면담날이 떠오르곤 했다. 본사에서 다양한 부서 사람들과 교류하고 커리어를 쌓아가는 동기들 이야기를 듣고 있자니 내 시야는 점점 좁아지는 느낌이 들었다. 지방에 연고가 있다는 이유만으로 쉽게 지방 발령 도장을 찍었을 담당자가 원망스럽기도 했다. 연고라도 있던 내가 이 정도인데 함께 지방살이 중인 서울 토박이 동기들은 더 그랬겠지?

그래도 결혼 전에 부모님과 살 마지막 기회라는 인사팀의 말에는 어느 정도 동의했다. 본가에 살게 되면서 엄마 아빠와 둘러앉아 저녁을 먹고 주말마다 시간을 보내며 마치 어린 시절로 돌아간 기분을 느꼈다. 역시나 어릴 때처럼 종종 혼나기도 했지만 심적으로 안정감을 느낄 수 있었다. 부모님 집에 얹혀사는 셈이니 월세며 생활비가 안 들어 여윳돈으로 한 달에 한 번은 클래식 공연을 다녀올 수 있었는데 그런 식으로 삶의 질이 올라가는 부수적인 효과도 있었다.

마지막에 훈훈한 한 꼭지를 넣긴 했지만 다시 지방 근

무 면담 시점으로 돌아간다면 나는 정말로 단호하게 말했을 것 같다. 그럼에도 불구하고 서울에서 근무했으면 좋겠다고. 물론 그 삶이 더 나았을 거란 확신은 없다. 본디 사람은 가지 않은 길에 대해서도 아쉬움을 더 느끼는 법이니까. 아무튼 취준생들에겐 이 말을 해주고 싶다. 취업이 급하다고? '지방 근무가 가능하신가요'라는 항목에 체크 안 하면 안 뽑힐 것 같다고? (미안하지만 그거 때문에 떨어진 건 아닐 거야) 갈수록 어려워지는 취업시장에서 줏대를 가지기 쉽지 않은 건 알지만 그래도 무작정 YES!를 외치는 지원자가 되진 않기를. 어디 믿을 놈이 없어서 인사팀을 믿냐는 친구들의 말을 꼭 새겨 듣기를. 회사의 비전, 직무 적성만큼은 아니지만 근무지도 어느 정도는 중요하니깐.

잘 생각해 봐, 정말로 지방 근무 괜찮겠어?

그 후배는 당신에게 반하지 않았다

드라마나 영화를 볼 때면 연기파 배우들이 유독 눈에 들어온다. 메스를 한 번도 본 적 없다는 연기자가 천재 외과 의사 역을 소화하고, 다음 작품에선 대형 로펌의 에이스 변호사로 분하는 건 볼 때마다 신기하다 못해 신비롭다. 연기란 걸 알면서도 그 연기에 웃고 울게 되니까.

그런데 우리 주변에도 연기 잘하는 사람이 참 많다. 지하철역 계단을 뛰어 내려가는 탑승자들, 횡단보도 앞에서 핸드폰을 만지작대는 보행자들, 꽉 막힌 도로를 보며 애꿎은 운전대만 치는 운전자들. 엑스트라 같아 보이지만 〈Scene#1: 출근〉을 알리는 슬레이트 소리에 눈빛부터 달라지는 직장인들이다. 신입사원들도 예외는 아니다. 졸린 눈을 비비며 오늘 촬영 준비로 분주해진다. 밤새 자란 수염을 깔끔히 정리하고 수트에 매너 있는 남자를 만든다는 브로그 없는 옥스포드화까지 신어주면 의상은 완성. 전주 대비 악화된 실적 사유라는 대사를 읊조리며 도착한 회사에선 어느새 악역(?)을 앞에 두고 열연을 펼치고 있다. 〈Scene#2: 실적 보고〉 레디~ 액션!

주위를 돌아보면 다들 쟁쟁한 사람들이다. 작년에 이 판에 입성한 맞선배부터 10년 남짓한 중견 배우 과장님, 그리고 연기인지 일상인지 구분이 안 가는 경지에 오른 박 부장님까지. 올해 회사 영화제 남우주연상은 누구의 차지가 되려나?

막 배치된 신입들의 목표는 괜찮은 막내 소리를 듣는 것이다. 그리되기 위해선 단순히 일만 잘해선 안 된다. 일'도' 잘하면서 깍듯하게 예의도 지키는, 신입다운 패기에 신입답지 않은 융통성까지 갖추어야 겨우 '그놈 그거 쓸만해'라는 평을 들을 수 있다. '하는 척'은 처음엔 어색하지만 몇 번 반복하다 보면 찰떡처럼 몸에 붙는 생활 연기력을 갖출 수 있다.

술을 싫어한다던 동기가 회식 자리에선 누구보다도 적극적이다. 웬만한 개그에는 꼼짝도 하지 않던 형이 부장님의 썰렁 개그에 배를 잡고 쓰러진다. 평소엔 담배 냄새에 치를 떨면서 '피우진 않지만 담배 연기 맡는 건 좋아한다'라며 흡연자 선배 뒤를 쫓아간 웃기지도 않는 경우도 봤고.

언젠가 회식 자리에서 팀장님이 그랬다.

"좀 보고 배워라! 쟤는 늘 웃고 행복해하잖아!"

하지만 팀을 넘어 우리 층 전체가 알고 있다. 어느 대중가요의 가사처럼, 내가 웃는 게 웃는 게 아니라는 걸.

"이 남자가 내가 싫어하는 팀장이다, 이 여자가 나 일 몰아주는 선배다, 왜 말을 못 해!"

"이 직급을 하고 어떻게 그래요!"

안타깝지만 직급이 깡패고 직책이 왕인 이곳 바로 사무실. 싫어하지만 좋아하는 척할 수밖에 없고 하기 싫지만 해야만 하는 역할을 맡은 배우들의 무대이기도 하다. 하루에도 몇 번은 "싫어요"라고 말하고 싶지만 그럴 수 없는 비애를 현명하게 해결해 나가는 일 또한 진짜 어른이 되어가는 과정이겠지.

팀원들 웃음 뒤의 그늘을 보지 못하는 팀장님, 후배의 마지못한 아양을 친분으로 생각하는 선배. 인정하고 싶진 않겠지만 사실은 이렇다. 그 후배는 당신에게 반하지 않았다.

1년만 더 다니면 나아질 거라면서요!

둥글게 둥글게
회사에서 살아남는 법

두루뭉술함의 미학

연초면 담당 상무님과 간담회를 가지곤 한다. 이때마다 상무님은 구성원들의 새해 목표를 물으시는데 특별히 고민하지 않아도 된다는 말을 전하는 팀장님의 목소리엔 올해에도 은근한 무게가 실려 있었다. 결전의 날에는 어김없이 목표 퍼레이드가 펼쳐진다.

"금년엔 지역 전체 영업왕이 되겠습니다!"

"작년에 큰 상을 받았습니다. 더 열심히 하라는 뜻으로 받아들이고 올해엔 더 높은 실적을 내고자 합니다."

다들 누가-언제-어디서-무엇을-어떻게-왜 시행할 건지 구체적인 지표까지 앞세우며 본인들의 원대한 목표를 이야기했다. 이 아름다운 목표 배틀에 상무님의 입가엔 만족감이 번진다. 돌고 돌아 내 차례가 오기 전까지는.

"어…… 작년엔 전반적으로 제 성장이 더뎠던 것 같아요. 준비운동도 했으니 이제 본격적으로 해나가려고요. 거래처 실적도 나아질 수 있으면 그것도 또 좋겠죠."

상무님 표정이 알쏭달쏭하다 못해 아리송하다. 부자연스럽게 움찔대는 입 주위 근육을 보니 뭔가를 말씀하시려다 참으시는 듯하다.

"응, 좋은데…… 너무 두루뭉술하다. 좀 더 구체적으로 짜보면 좋겠어."

내가 생각해도 모호한 목표 설정이다(그 와중에 '좋은데'라고 덧대주신 상무님은 역시 임원이시다!). 하지만 업무적으로 특별히 더 해보고 싶은 부분은 딱히 없기도 했고 그렇다고 해서 회사 사람들 앞에서 개인 목표는 공유하고 싶지 않았기에 대충 빨리 순서를 넘겨버리고 싶었다.

전기장판 위에서 귤이나 까먹으면서 시간 때우기엔 나름 괜찮은 주제. 두루뭉술 vs 구체적. 그냥 읽으면 아니 된다. 구.체.적. 딱딱 끊어줘야 한다. 어떻게 이런 뾰족뾰족한 자음들만 모아서 만들었는지 참 삭막한 단어다.

반면에 두루뭉술은 이름부터 귀엽지 않나. 글자를 구성하는 철자들도 몽글몽글한 게 마치 복실복실한 강아지 엉덩이를 쓰다듬는 느낌이다. 한 살씩 더 먹어감에 따라 점점 구체적인 계획과 목적의식을 가져야 했다. 이어서 늘어나는 정신없고 지치는 나날들. 사회인이 된 지금은 구체적인 뭔가를 해내지 않으면 열정 없고 능력도 없다는 평을 듣게 된다. 다음 달 예상 매출과 활동 계획을 정리하다 말고 문득 생각이 들었다. 왜 이리 구체적인 것들만 쫓게 되는 건지.

행복했던 때가 언제냐고 묻는다면 아무것도 모르던 꼬마 때의 기억이 가장 먼저 떠오른다. 문구점에서 산 포켓몬스터 골드 버전 디스켓을 넣고 두근거리는 가슴을 부여잡던 7살의 나. 도시락 뚜껑을 열면서 침을 꼴깍 삼키는 유치원생이던 너. 그리고 우리들의 피리 부는 사나이였던 모기 방역차(a.k.a. 방구차)를 따르던 행렬까지.

소소한 즐거움이 가득했던 추억이다. 오늘 뭘 해야 하고 내일은 또 무얼 할지 일정을 짜지도 않았고 어떤 목표를 설정하지도 않던 때였다. 한없이 모호했으며 끝없이 두루뭉술한 마음으로 살던 어린 날이야말로 행복을 가장 오롯이 만끽하던 순간이 아니었을까?

조직에서 인정받으려면 일하는 티를 팍팍 내는 게 중요하고 그러려면 체계적이고 구체적으로 선언하고 생활하는 편이 좋단다. 하지만 나는 그것보다 내면의 안정감과 현재의 나른한 행복을 느끼는 게 더 중요하니 덜 구체적으로 살아가련다. 모호해도 좋소, 두루뭉술하면 그걸로 또 좋을 테니.

월급루팡은 과분한 별명입니다

오늘도 과장님은 무언가에 쫓기는 표정이다. 출근하자마자 화장실에 다녀오신다더니 한 시간 뒤에야 돌아오셨다. 어제보다 20분은 더 걸렸다. 모닝똥하려는 사람들 때문에 오래 기다리셨냐며 농담하려다가 유독 창백해 보이는 안색에 입을 다물었다. 회사 엘리베이터 모니터에서 언뜻 스친 기사가 생각났기 때문이다. '비트코인 3만 5,000달러까지 밀려……' 과장님은 코인 폭락장에 쫓기셨나 보다.

오전 11시. 분배한 보고서 자료를 담당자별로 검토하기 위해 팀장님이 한 명씩 부르셨다. 부장님, 차장님 순서를 지나서 과장님 차례가 왔다. 아까 화장실 가실 때 언뜻 보니 장표에 그래프 하나 외롭게 놓여 있었는데. 내 코가 석 자지만 괜히 걱정됐다.

"팀장님, 그, 사실 아직 워딩을 덜 했습니다. 혹시 점심 드시고 나서 오후에 리뷰해도 괜찮으실까요?"

"아니, 내가 시킨 게 언젠데 아직도 덜 했다는 건데?

어제 오전에 배분해 준 거잖아. 이게 어렵나?"

"아뇨, 어, 시간 안배를 잘 못했습니다. 죄송합니다. 점심시간 이후에 바로 보실 수 있도록 하겠습니다."

"너 지난주에도 그랬잖아. 요즘 왜 그러지?"

과장님은 점심시간이 끝나기 10분 전까지도 자리에서 엉덩이를 떼지 못했다. 하지만 시선만은 모니터를 벗어나 있었다. 우측 하단 충전기 거치대 위의 핸드폰, 업비트 앱, 계속해서 우하향 중인 그래프를 따라서. 측은한 마음에 밥 먹고 올라오는 길에 사 온 샌드위치 하나를 슬쩍 내밀었다.

"고맙다. 매일 어플 들여다보면서 하루 도파민 다 소모하니까 일이 손에 하나도 안 잡히네. 그래도 오늘 단타로 천만 원 벌었다. 조만간 소고기나 거하게 함 쏘마."

측은하다 말았다. 샌드위치 이거 배달료까지 해서 5만 원 내십쇼! 아니 10만 원!!!!

노도처럼 몰아친 암호화폐 거래에 우리 회사 직원들도 뛰어들었다. 핸드폰을 들여다보는 빈도가 잦아졌고 화장실 한 번 가면 기본 30분은 걸린다. 그새 반년 치 월급을 벌어왔다는 누구 옆엔 산발로 망연자실한 사람이 꼭 있다. 풍악과 석고대죄, 희비는 엇갈렸지만 변기 위에서의 치열한 분투는 동일했겠지. 수익률이 상승하면 흥분해서 업무 집중이 힘들고, 떨어지면 떨어졌다고 낙담해 제대로 일할 수 없다는 점도 같았을 거고.

　한때 본업은 회사원이지만 주수입은 코인인 사우들이 심심찮게 보였었다. 승진이나 고과 대신 수익률에 연연하는 사람들이 늘어났다. 신생 코인을 붙잡고 마음고생하다 결국 몇 년 치 연봉을 벌어들였다는 어느 대리의 이야기가 회사를 휩쓸었다. 근무시간에 그런 거 하는 놈들다 월급 도둑이라고 욕하시던 부장님마저도 날이 갈수록 두둑해져 가는 그들의 잔고를 부러워하는 눈치시니 말다 했지 뭐.
　오르락내리락 그래프와 함께 천국과 지옥을 오가느라 업무 속도가 더뎌지는 건 사실이라지만 딱히 죄스러운 감정은 없다는 사무실의 투자자들. 그간 초과 수당도 없이 야근해 준 시간만 따져도 두 달은 될 테니 이 정도는 충분히 누려도 된단다. 적당히 융통성 있게 해야지 반발심도 덜 생겨서 서로 윈윈이라나. 역시 사람은 돈이 있고봐야 한다. 투자해서 돈 좀 만지더니 시원하게 할 말들 싹하고 멋있어졌다.
　비단 코인뿐이랴. 계약서에 명시된 근무시간 내에서맡은 일을 끝내는 정도로만 일하겠다는 직원들과 더 많이 더 빨리 일하길 바라지만 더 많이 더 빨리 보상한다고 말하진 않는 회사. 창과 방패 중 어느 쪽이 더 도둑 심보인진 모르겠지만 그래도 월급루팡이란 이름은 너무 과하다. 루팡은 희귀한 보석과 예술 작품같이 천억 대는 되는 물건을 훔치는 대도둑인데 직장인 월급이라 봐야 기껏해야 삼사백 정도다. 그럼 딱 월급 소매치기라는 이름이 어울리지 않을까? 루팡에 비하면 날로 먹어 봐야 경범죄 수준일 테니까.

그렇게 선배가 된다

팀 차장님네 늦둥이 돌잔치가 있는 날이었다. 가는 길에 후배를 픽업했다. 행사 시작까지 30분 정도 남아 근처 카페에서 커피나 한잔하기로 했다. 자동차 음악 볼륨을 줄이자 옆에서 떠드는 후배 목소리가 좀 더 또렷이 들렸다. 생각해 보니 이 친구와 따로 밥 한 끼 먹은 적도 별로 없는 것 같다.

작년 10월쯤 옆 팀에 신입사원이 들어왔다. 당시 막 1년을 넘겼지만 여전히 막내의 잡무에 허덕이던 내게 옆 팀에 후배가 들어왔다는 사실은 정말 부러운 일이 아닐 수 없었다. 같은 직무였지만 딱히 대화를 나눌 일도 없었을

뿐더러 옆 팀 막내까지 챙겨줄 여유도 없었다. 그렇지만 가끔 쭈뼛대며 질문해 오던 그 친구에게서 힘든 막내 생활을 보낸 예전 내 모습이 보여서였던지 바쁜 와중에도 밝은 목소리로 맞아주려 했다(그쪽에선 어떻게 느꼈을진 모르겠지만).

올해 들어 조직 변동이 있었고 내가 속한 팀은 옆 팀과 합쳐졌다. 옆 팀 막내는 자연스레 내 후배가 됐다. 그렇게 얼떨결에 선배가 됐다. 대학 수석에 조기 졸업까지 했다는 후배는 똑 부러졌고 막내라는 위치가 무색할 정도로 맡은 일을 척척 잘해냈다. 몇몇 업무는 다시 가르쳐야 했지만 큰 어려움 없이 잘 따라와 주어 기특하면서도 고마웠다.

후배와 한 팀 선후배 관계가 된 지 반년도 훌쩍 넘었지만 처음 만났을 적부터 여전히 존대하고 있다. 후배를 대함에 있어 선을 어디부터 어디까지 지켜야 할지 참 모호하고 어려웠기에 잘해주기 전에 일단 기본적인 예의부터 지키자는 마음에 시작한 존댓말 주고받기였다.

막내 생활 중 새삼 불편했던 순간은 선배와의 벽이 강제로 허물어졌을 때였다. 나를 보며 씩 웃는 고참 선배의 입에서 친한 친구 사이에서나 주고받음직한 거친 말이 흘러나오던 순간 퍽 당황스러웠다. 그게 그 선배가 친분을 쌓는 방법이었음을 알게 된 후엔 더 친해지게 됐지만 처음엔 좀 불편했다.

너무 멀면 아쉽다. 너무 가까우면 불편하다. 존댓말은 그 관계의 선을 잊지 않도록 자각하게 도와주는 일종의 장치다. 나는 선배, 너는 후배, 그리고 같은 사원. 적당히 편한 사이이자 적당히 불편한 사이가 가장 아름다울 테니까. 내게 존댓말이 바람직한 관계 확립의 첫걸음이었듯 선배에게도 거친 말이 섞인 인사는 친해지기 위한 나름의 방법이었을 테다. 그렇게 나의 선배도 선배가 되어 갔을 거다.

어제 신입사원이 들어왔다. 후배에게도 후배가 생겼다. 내가 막내의 자리를 내어준 것처럼 이번엔 그의 차례다. 내일 출근하면 군기가 바짝 든 신입사원은 벌떡벌떡 일어나며 "안녕하십니까!" 하고 인사할 거고 또랑또랑한 목소리가 울려 퍼지는 와중에 후배는 묵묵히 할 일을 시작하지 싶다.

신입사원의 질문을 받아주고 업무를 가르쳐주며 이따금 그녀의 눈치를 보고 있을 후배가 상상된다. 어떻게 대해야 할지, 어떤 원칙으로 다가가야 할지. 그런 스스로가 보일 때 그도 생각하겠지, 이렇게 선배가 되어간다고.

가끔은
쉬고 싶다

오늘 쉽니다

월요일은 만만찮은 날이다. 특히 회사 창립기념일이던 지난 금요일부터 시작된 3일 연휴 후 돌아온 월요일은 더 쉽지 않았다. 주말과 평일 사이의 간극이 불을 지펴 눈을 뜨자마자 얼굴이 찡그려지는, 툭 치기만 해도 퇴사 욕구가 샘솟는 아침이었다.

월요일이면 회의가 길어진다. 담당하는 거래선에서 최근 몇 건의 사건이 발생했다. 같은 일을 하는 그 누구에게라도 일어날 수 있는 일인데 그 누군가가 하필 나였다. 어쨌거나 최선은 다해볼 마음이었지만 공격적인 문책에 맥이 탁 풀려버렸다.

쓰나미처럼 몰려온 빡침이 위태롭게 쌓여 있던 스트레스의 탑을 쳤다. 보통은 열이 뻗치곤 했는데 이상하게 더 차분해지니 평소완 조금 다른 것 같다. 뚝- 하고 뭔가가 끊어져 버린 느낌.

안 되겠다. 쉬어야겠다. 내일 연차 써야겠다.

좋은 구두는 주인을 좋은 곳으로 데려다준다는데 회사 쓰레빠는 주인을 두서없는 곳으로 이끈다. 회의실을 나와 책상들을 지나쳤다. 정처 없는 몇 걸음 후 복도를 나오면서 더는 갈 곳이 없다는 사실을 인지했다. 이 이상 나아가려면 아예 건물을 벗어나야 한다. 결국 화장실로 가 손이나 씻는다. 손에 닿았다가 알알이 깨져나가는 이게 물방울인지 내 멘탈인지 헷갈렸다. 다시 생각해 봐도 내일은 꼭 쉬어줘야겠다 싶었다.

곧바로 근태 시스템을 켜고 다음 날 연차휴가 신청을 했다. 팀장님만 결제하시면 되는데 퇴근 시간이 3분밖에 남지 않은 시간에도 아직 미결제 상태. 못 보셨나 보다. 망설임 없이 자리에서 일어나 앞으로 나갔다.

"팀장님, 저 내일 연차 좀 쓰고 싶습니다."

평소엔 계획된 일정에 따라 휴가를 내곤 했지만 처음으로 즉흥적인 휴가를 냈다. 그냥 좀 쉬고 싶어서. 늘 그랬듯 먼저 메신저 알림말을 변경했다. '연차입니다. 통화가 어려울 수 있으니 급한 건은 문자 남겨주시면 연락드리겠습니다.' 연차 때면 늘 써두는 글귀다. 언제나 모두에게 무시당하는 알림말이긴 하지만.

점심을 먹으러 나가 유명하다는 매운탕 집 앞에서 발걸음이 멈춘 적 있다. 웬일로 문이 닫혀 있었고 창문에 뭐가 붙어 있었다.

'오늘 쉽니다.'

A4 용지에 반듯하게 쓰인 자신감 있고 자존감 높은 다섯 글자에 탄성이 절로 나왔다.

핸드폰을 꺼내 아까 적어둔 젠틀한 알림말을 몽땅 삭제했다. 부득이하게 쉬니까 양해를 구한다는 식의 구구절절한 문장은 지웠다. 쉬는 날에 당당하게 연락해 용건을 말하는 그들에 맞서 나 역시 자신 있게 선언하고 싶었다. 그냥 나 오늘 좀 쉬는 날이라고.

사회생활 2년 차, 한계까지 몰려보니 비로소 눈치 보지 않고 하루 쉰다고 선언할 수 있었다. 일단 쉬면 어느 쪽으로든 마음이 정리되지 않을까 싶었다. 남 편의 봐주다가 내가 죽겠다는 생각이 들어 하루 쉬었다. 해보니 쉬기만 해도 부족한 하루였다.

무례한 사람들과의 통화는 오늘 쉽니다. 힘들게 하는 사람들과의 카톡도 쉽니다. 짜증 나고 한숨 나오는 생각도 오늘은 쉽니다. 내일보다 우선 오늘 쉴게요.

어디선가 너를 찾는 전화벨이 울리고

어디선가 나를 찾는 연락이 온다는 건 두근대는 일이었다. 소개팅 상대의 카톡 하나에 설레기도 했고 오지 않는 답장을 기다리다 깜박 졸던 날들까지 추억으로 가득하다.

처음 핸드폰을 가진 중학교 1학년, 신세계가 열렸다. 핸드폰으로 사진을 찍고 게임할 수 있다는 점도 좋았지만 가장 좋았던 건 언제 어디서든 누구에게나 연락할 수 있다는 점이었다. 그 장점이 최대 단점으로 변모하여 날아올 줄은 상상도 하지 못했지만.

파블로프의 개는 고전적 조건형성 개념의 시발점이 된 유명한 실험이다. 밥을 주러 다가오는 발소리에 익숙해진 강아지가 발소리만 듣고도 침을 흘리게 됐다는 실험 결과처럼, 반복되는 학습을 통해 조건반응화를 이루어낸 건 견공들만이 아니다.

직장 생활 1년 반째, 이젠 벨만 울려도 소름이 끼친다. 전화벨과 메시지 알람이 회사 업무와 반복적으로 연결되며 이제는 듣기만 해도 짜증을 불러일으키게 됐다. 또 하나의 조건반사 사례랄까?

업무에 대해 묻고, 요청하고, 지시하고, 혼내고, 우는 소리 하는 연락들로 핸드폰이 포화 상태다. 식사를 하고 나면 부재 전화 5통에 문자메시지 50통이 쌓여 있다. 진동만 울려도 흠칫하게 되는 요즘, 이미 일과 삶의 분리는 물 건너갔다. 쉬는 날은 오롯이 내 것이기에 전화도 메일도 무시하고 싶은 마음이 굴뚝 같다. 업무 전화를 하루 안 받으면 하루 더 젊어지는 느낌이 든다. 4개월 전에 퇴사한 동기는 나보다 4개월은 더 동안이겠지?

휴가를 다녀온 친구가 이런 말을 했다. 에메랄드빛 바다를 만끽하던 중 읽게 된 거래처 메신저 한 통은 상상을 초월하는 스트레스를 줬다고. 그는 돌아와서 퇴사했다. 주말에 거래처 전화 한 통 받고 카톡에 답장하는 게 그렇게 힘드냐는 팀장님의 물음에 힘들고 아니고를 떠나 쉬는 날엔 연락 자체가 스트레스라는 당찬 대답을 남기고 떠났다.

파블로프의 실험은 과학계뿐 아니라 내 일상에도 큰 의미를 남겼다. 업무를 위한 연락이 계속되자 연락 자체가 두려움의 대상이 되어버렸다. 파블로프의 개가 발소리를 듣고 침을 흘리게 된 것처럼, 나는 전화벨이 울리면 짜증이 나게 됐다.

지친 몸을 이끌고 퇴근한 저녁 9시. 이제야 쉰다며 튼 TV 소리 사이로 익숙한 벨이 울린다. 애써 무시해 보지만 결국엔 전화를 받게 되겠지.

쪽잠을 잡니다

오후 2시, 졸음이 몰려왔다. 이번엔 심각한 녀석임을 직감한다. 점심 식사 직후나 회의 중의 몽롱함과는 차원이 다르다. 커피에 녹차, 그 와중에 브이라인 챙긴다고 옥수수수염차까지 들이부어도 막상 몰려든 잠은 사그라들 기세가 아니다.

팀을 옮긴 직후라 졸면 끝장이다. 긴장감을 유지하려 굳이 불편한 정장까지 입고 다녔는데도 3주쯤 되었더니 몸이 적응한다. 힘을 주지만 이내 스르륵 무장 해제되는 눈. 천하장사도 들기 힘든 게 눈꺼풀이라는데 일반인인 나는 이미 게임 끝인가?

마음을 다잡고 모니터 화면에 집중한다. 야근을 하지 않으려면 쌓인 업무를 빨리빨리 처리해야 한다. 엑셀 파일을 열어 데이터를 뜯어본다. 이놈의 격자무늬는 흔들리는 최면술사의 추처럼 쳐다볼수록 멍해진다. 실낱같은 의식을 부여잡은 채로 같은 작업을 반복하다 틀리기를 수 번째, 계속해 봐야 이미 망한 듯해 동작을 멈췄다. 잠깐 눈만이라도 감고 있고 싶다. 5분만, 아니 1분만. 우리 부서에서도 대여섯 명은 지금 나 같은 상태겠지? 말 그대로 살아 있는 시체들의 낮이다.

자리에선 졸기엔 위험 요소가 너무 많다. 좀비 상태로 일어나 화장실로 향했다. 다행히 낮 시간대라 화장실 칸이 여럿 비어 있다. 뚜껑을 내리고 그 뒤에 털썩 걸터앉아 스르륵 눈을 감았다. 나도 모르게 안도의 한숨을 내뱉는다.

화장실 스피커에선 드뷔시의 〈달빛〉이 나지막이 흘러나온다. 역시 클래식 음악은 눈을 감고 감상해 줘야 한다. 고개가 앞으로 떨궈진다. 숙이는 것이 아니라 그냥 툭. 90도로 꺾인 목인데 더없이 편안한 게 그저 신기했고 잠시만 그 상태로 더 있고 싶었다.

입사한 이래 처음으로 변기 위에서 쪽잠을 잤다. 어느 곳에서보다 잘 쉬었다. 장 건강을 판별할 수 있는 소리가 들리는 곳에서 오늘 처음으로 미소 지었다. 이렇게나마 쉴 수 있어 행복했다.

점심시간엔 그나마 마음 편히 휴식을 취할 수 있다. 피곤함에 밥 생각도 없어 그대로 자리에 엎드려 눈을 붙였다. 깊은 잠에 빠져들었던 것 같은데 시계를 보니 겨우 10분 남짓 지났다. 피로감에 비하면 아주 잠깐 쉬었을 뿐인데 머리가 개운해졌다.

우리가 회사에 무엇을 해주었는지는 야근 시간이 대답해 줄 테니 그쪽에서 뭘 해줄 건지 묻는 것도 실례는 아닐 거다. 열심히 일했으니 쉬기도 하자. 뻔뻔함이 아닌 당당함과 함께.

쪽잠, 선잠, 새우잠. 애처롭고 귀여운 단어들이다. 귀엽고 깜찍하게 쪽잠을 잤다. 멋지진 않지만 부끄럽지도 않은 나름의 낭만이겠거니 한다. 목 디스크가 올 만한 자세로 변기 위에서 보낸, 최악일 수도 있을 그 시간이 오늘의 내겐 최선이었다.

화장실 찰 무렵

"아침부터 풀방이구먼……."

화장실을 힐끔대던 옆 팀 선배가 말했다. 오전 8시도 채 되지도 않았는데 누군가에겐 가장 분주해지는 시간이다. 다들 비슷한 시간대에 신호가 오기 때문에.

맞은편 과장님이 일어나면 건너편 팀의 차장님도 일어난다. 5m는 더 앞에 보이는 지원 부서 칸막이에서 머리가 솟구치니 눈치 보며 걷던 그들의 발걸음이 빨라진다. 급할 때는 직급이고 뭐고 없다. 순간의 선택이 평생을 좌우한다. 쇼트트랙 선수가 결승선 앞에서 발을 쭉 들이밀 듯 한 방이 필요한 상황! 결승선 앞에서 기회를 놓친 선수들은 좌절하고 만다. 1등부터 5등의 자리가 이미 채워진 화장실은 아침이니까 풀방이다.

회사에서 두 정거장 거리에 사는 덕에 내 출근길은 20분이면 충분하다. 여유로이 걸어가는 내 옆으로 익숙한 얼굴이 스쳤다. 옆 팀 과장님이다. 따라가 인사하려다 서로 무안할 듯해 그만뒀다. 무엇보다 굉장히 다급해 보이는 뒷모습이 더욱 그래선 안 될 것 같았다.

자리에 짐을 놓고 PC를 켠 뒤 화장실로 갔다. 출근 직후 화장실은 화개장터보다 붐빈다. 양치하고 손 씻고 머리를 만지는 사람들로 가득하다. 무심하고도 친근한 삶의 군상이다. 핸드폰을 쳐다보고 있는 사람들도 서넛인데 줄을 선 듯 서지 않은 듯 은근한 대열을 이루고 있었다. 아까 마주친 과장님도 그사이에 계셨는데 얼굴이 백지장처럼 하얬다. 출근길의 황급한 뒷모습이 떠오르며 늦게나마 퍼즐이 맞춰졌다. 댁이 꽤 거리가 있는 걸로 알고 있는데…… 안타깝게도 앞엔 두 명이나 버티고 섰다. 기회는 누구에게나 공평해야 한다지만 이럴 땐 참 야속

하다.

　사찰에서는 화장실을 해우소(解憂所)라 부른다. 근심을 해소하는 곳. 보는 눈이 많으니 동자승부터 주지 스님까지 본연의 고뇌를 솔직하게 드러낼 만한 곳은 화장실이 유일했을 거다. 회사도 똑같다. 조그만 그 공간에서 직장인들은 스스로를 달랜다. 문을 잠그는 순간부터는 나만의 시간이 보장되기에 꾹꾹 눌러놨던 희로애락을 비로소 압축 해제하는 사내 유일의 장소다.

　나름 열심히 준비한 보고서를 퇴짜 맞은 박 대리와 다른 회의에서 호되게 당한 김 과장은 나란히 옆 칸에 앉는다. 이윽고 한결 밝아진 낯빛으로 나왔으니, 볼일을 보며 감정 또한 훌훌 털어 보내고 왔지 싶다. 그래, 스트레스 받아봐야 본인만 손해지.

　낮의 화장실은 고요하다. 일에 집중하는 시간대와 화장실 혼잡도는 반비례하는 경향을 보인다. 그때쯤 신호가 와서 화장실로 향하는 사람들이야말로 하루의 승리자다. 무주공산을 힘들이지 않고 차지하는 기분이랄까? 비데 온풍 건조 소리까지 들려오는 걸 보면 전투적인 분위기의 아침 시간대보단 확실히 여유로운 한때다.

　일찍 일어난 새가 먹이를 먼저 잡는다. 또 다른 태양

이 뜨면 화장실로 향하는 직장인들의 발걸음도 시작된다. 매일 반복되는 일상이지만 진실된 아침 이야기다. 오전부터 화장실로 향하는 발걸음 소리를 들으며 언젠가의 술자리 농담이 생각난다.

"볼일은 회사에서 봐야 해. 월급 받으면서 싸야 그나마 이득인 기분이거든."

마음이
뒤숭숭한 날

풍문으로 들었소

11월 말에서 12월 초. 해마다 이맘때면 온 회사가 술렁이곤 한다.

"났냐?"

"안 난 듯."

"오늘 낮 발표라며!"

"내일로 연기됐다는 찌라시가……."

동기 채팅방, 팀장님 없는 팀원방에서의 최고 이슈 사항. 평소엔 대화도 크게 없던 옆 사업부 선배랑도 얼굴만 마주치면 자연스레 하게 되는 그 이야기.

"이번에 팀에서 누가 이동해요?"

인사이동 철이다. 꽃게 철, 전어 철, 수박 철, 딸기 철처럼 생각만 해도 군침이 꼴깍꼴깍 넘어가는 철도 있건만, 이놈의 인사철은 사람을 참 심란케 한다.

업무를 하다가도 이따금 사내 포털 메인화면과 게시판을 눌러본다. 정신없이 일하다가도 '이동' 비슷한 말만 들려와도 양쪽 귀는 쫑긋 서고, 누가 어디로 이동한다느니, 어느 팀엔 어떤 팀장님이 온다느니 하는 카더라 통신이 하루에도 수 번은 돌고 또 돈다. 평소에 아무리 과묵하고 우직한 성격일지라도 이 시기엔 귀가 조금씩 얇아질 거다.

20대 중후반의 어엿한 직장들이건만 중학교 배정 추첨을 기다리는 초등학생들마냥 신나서 떠들고 있다. 첩보 하나에 울고 웃는다. 인사철 일희일비하는 마음엔 직급이 따로 없다. 유치원생 딸을 둔 과장님도, 아들을 군대 보낸 부장님도 하나같이 궁금해하고 움찔하게 만드는 네 글자, 인사이동.

슬픈 예감은 왜 틀린 적이 없나. 바람에 날리다 옆에 슬쩍 와 앉은 소문은 어지간하면 다 맞더라. 팀에 발령받은 지 1년 반째인 나는 그대로 한 해 더 남아 있을 듯하다. 올해 말엔 지방 근무를 탈출하고 싶었건만. 맞선배는 땅이 꺼질 듯한 한숨을 내쉬며 말을 잇는다.

"난 내년이면 4년 찬데 왜 또 지방 발령 날 것 같냐?"

희한하게도 인사 발표는 늘 연기된다. 콩닥콩닥 뛰는 가슴 안고 기다렸지만 예정된 시간에 어디에도 공지가 뜨지 않았다. 확정이 나지 않아 부득이하게 금요일로 연기되었단다. 발표를 하질 않으니 마음 정리할 여유조차 없이 입안이 말라오는 기다림의 시간만 추가다. 금요일 낮에도 여전히 나지 않았으니 퇴근 시간쯤 돼서야 불쑥 공지되겠지.

올해도 대충 윤곽은 나왔다. 어느 분은 내년에도 계신단다. 다른 팀으로 가실 것 같단 분도 계신다. 하지만 방심은 금물, 공식적으로 발표 나기 전까진 한 치 앞도 알 수 없는 게 바로 인사이동이니까. 끝날 때까지 끝난 게 아니라는 명언은 바로 이럴 때 쓰라고 있는 말이었을까?

바람처럼 떠돌던 소문이 폭풍이 되어 돌아올지 아니면 조용히 사라질지는 시간이 흘러봐야 알게 될 문제일 거다. 인사이동의 계절에 풍문(風聞)은 꼬리에 꼬리를 물고 우리를 찾아온다.

생채기가 겁나기 시작했다

노트를 넘기다 손가락을 베였다. 11개월은 족히 쓴 업무 수첩이라 모서리가 꽤 무뎌졌을 만도 한데 아직 날카로운 구석이 있었나 보다. 집이었다면 따갑다며 괜한 비명이라도 질렀겠지만 회사인 관계로 조용히 꾹 눌러 지혈을 했다. 서랍에서 소독약을 꺼냈고 새 살을 솔솔 돋게 한다는 연고로 마무리했다. 손톱만 한 조그만 상처가 찬 기운에 더 아려왔다.

요즘 크고 작게 다치는 일이 부쩍 늘어났다. 그리고 한 번 난 상처는 잘 아물지 않기 시작했다. 자연스레 회사 서랍엔 서너 종류의 상비약을 놓아두게 됐다. 신입사원 시절, 아니 작년까지만 해도 상상도 못 했을 일이다.

동갑내기 친구들과의 신년회에서 우리는 이제 절대 아프면 안 되는 나이라는 말을 듣고 그냥 허허 웃으며 소맥을 들이켰다. 숙취 때문에 다음 날 저녁이 되어서야 침대에서 일어날 수 있었다. 컨디션이 예전 같지 않은 걸 조금씩 체감하던 중이었지만 친구 놈들의 말이 뇌리에 남은 영향 때문이리라 싶었다. 계절이 변하는 환절기에 당도해서야 단순한 기분 탓이 아니었음을 깨닫는다. 마시는 술의 질대량은 전년 대비 축소되었는데도 신체 컨디션이 그만큼 하락해 겨우 작년 수준에 수렴 중이다. 회사 실적에 이어 건강마저도 역신장만 막기에 급급한 상황이 꽤 우습고도 서글프다.

가을로 넘어가는 환절기엔 일출이 늦어지는 정도에 맞춰 기상 시간도 더뎌진다. 일교차 속도를 몸이 따라가기 벅차다. 출근한 사람들의 얼굴에 보이는 '피곤' 두 글자를 배경으로 잔기침 소리가 일정한 박자를 맞춘다. 이 시기에 걸리는 감기는 쉽게 낫지 않아 긴 투병 생활로 이어질 수도 있으니 그야말로 체력 저하와 잔병치레의 계절이다.

단 것은 뱉고 쓴 것은 기꺼이 삼키는 나이가 됐다. 비타민부터 오메가 3, 눈에 좋다는 루테인, 간에 좋다는 밀크 씨슬은 어지간한 회사원들의 기본 영양제다. 스틱형 홍삼 엑기스를 입에 물고 키보드를 두드리는 사우도 보인다. 면역력 강화에는 프로폴리스, 노니는 어디에 좋다더라, 크릴 오일이 어떻다더라 하며 술자리서에서조차 건강식품 이야기가 나오는 걸 보면 확실히 상황이 달라지긴 했음을 체감한다.

회사 선배들이나 어르신들은 우리를 보면서 젊은 날을 회상하실 테고, 우리는 교복 차림의 학생들을 보며 옛날을 그리워한다. 온종일 축구하고 밤새 게임하고도 거뜬히 새벽에 숙제를 시작하던 인간 병기 시절이었다. 만약 콜록도 아닌 쿨럭이는 기침 사이로 가래 끓는 소리를 자주 내게 되었다면 돌도 씹어 먹던 시기는 이제 떠나보낸 것이리라.

그 많던 내 볼의 탄력은 누가 가져갔을까? 서랍에 찧어 움푹 눌린 살이 차오르기까지 꽤 오래 걸리게 됐다. 어디서 생겼는지 기억도 나지 않는 멍 자국은 한 주하고도 반은 지나서야 색이 바랜다. 베인 상처가 붙을 만하면 다시 벌어지는 이유는 내가 너무 활동적이기 때문이겠지?

자동차는 고급유를 주유하고 정기적으로 예방 점검까지 해주며 애지중지하면서 내 건강 관리에 대해선 소홀하기 일쑤다. 그 와중에 조그만 상처가 잘 낫지 않는 걸 보면 날씨 탓일지 아니면 먹어가는 나이 때문일지 뒤숭숭해진다. 아직 우린 겁나 젊다며 부딪히는 술잔 사이로 슬그머니 생채기가 겁나기 시작했다.

승부는 삼세판,
직장 생활은 3년 차부터?

서울로
돌아왔다

지방 근무여 안녕!

후배들과의 저녁 회동을 끝으로 회사 일정을 마무리했다. 2년 6개월간의 지방 근무가 종료된 날이다. 회사에 들어와 처음 맞은 후배였다. 아들과 딸 하나씩 있었으면 좋겠다는 아빠처럼 남녀 후배 각 한 명씩 있었으니 나는 제법 행복한 선배였지 싶다. 마지막이란 건 아쉬움과 홀가분함을 동시에 가져온다.

지방 생활 중 저장된 거래처 연락처는 60개 남짓이다. 추억은 추억으로 남을 때 비로소 아름다우니 이들의 이름과 연락처도 기억 일부로만 남기는 편이 좋을 거다. 새 술은 새 부대에 담으라는 격언이 있듯 부디 나를 잊고 잘들 사시오.

마지막 출근일 오후엔 책상 정리를 마무리했다. 한꺼번에 짐을 다 빼면 왠지 모를 서글픔이 밀려올 것만 같아 전날부터 조금씩 차에 옮겨다 실었는데 책상이 텅 빌 때까지 딱히 별 느낌이 오지 않았다. 이 책상 위에서 참 많은 일이 있었다. 거래처 사람들과의 전화 언쟁 중에 노트를 쾅 내려치기도 했고 산더미처럼 쌓인 서류 때문에 키보드 놓을 곳이 없었던 적도 있었다. 마감 후 선배와 책상에 걸터앉아 마시던 달콤한 믹스 커피도 그리울 것 같다.

물티슈를 세 장이나 빼서 책상 구석구석을 깨끗이 닦았다. 서랍과 의자까지 새것으로 만들어놨다. 오늘까지 내 자리였던 곳이지만 내일이면 남의 자리가 될 거다. 정리하는 새 마음은 이미 거의 대전쯤 가 있었다. 오후 5시 30분. 공식적으로 나의 지방 근무가 끝났다.

자리 정리를 마치고 사무실을 한 바퀴 돌았다. 애증의 공간, 회의실에서 우린 참 많은 열을 올렸었지. 때로는 답이 없는 문제를 싸매고 고민했고 일을 위한 일도 했으며 사이사이 농담도 주고받으며 키득댔었다. DMZ마냥 다가가기 힘들었던 팀장님 자리도 이제는 오고 싶어도 올 수 없다. 신입사원일 적 자주 혼났던 자리에 서 보니 웃음도 나온다.

땅(地)에 방향(方)이 더해져 생성된 글자, '지방'. 어느 방면의 땅이라는 뜻답게 지방 근무를 명받은 이는 동서남북 어디론가 가야 한다. 강압은 아니나 압박은 있는 지방 근무는 직장인들에게 말 못 할 스트레스를 선사한다.

텅 빈 책상과 서랍을 보니 회사에 속해 있는 한 인사 발령에 따라 이동해야 하는 회사원의 숙명이 느껴진다. 몇 년이 지나면 다시 또 다른 곳으로 옮겨갈 수도, 그 후에도 계속 그래야 할 수 있겠지. 지금은 좋다만 그때는 또 어떻게 다가오려나?

다시 서울 생활을 시작하게 됐다. 아득히 멀어 오지 않을 것 같던 시간이 정말 다가오니 기분이 묘하다. 안녕 인사하며 시작했던 지방 근무에 다시금 안녕을 고해야 하는 순간이 왔다.

출근길과 외근길에서 달리던 대로야 안녕. 귀찮게만 느껴지던 거래처 연락도 안녕. 지방 탈출의 기운을 얻자며 드나들던 회사 근처 방 탈출 카페도 (한 번도 성공 못 했지만) 이젠 안녕. 설렘과 걱정이 교차하는 오늘 이후엔 새로운 만남과 인사할 내일이 올 거다.

지방 근무여 안녕!

여의도 표류기

한겨울에 시작한 여의도 생활이 3개월째로 접어들었다. 안 가는 듯 흘러간 시간의 흔적은 뾰루지 수와 팔자주름의 깊이에 드러난다. 골목 구석 응달의 얼음도 녹아가는 날씨지만 뻣뻣해진 몸은 좀체 풀릴 기미가 보이지 않는다.

겨울의 끝자락에서 볕이 마지막으로 달아오르고 있다. 좀 두꺼운 옷을 입고 나가야 하나 싶다가 얼마 전에 산 짙은 오렌지색 봄 코트를 걸쳤다. 코끝이 시린 것이 생각보다 만만치 않은 봄맞이다. 그럼에도 불구하고 옷깃을 단단히 여미며 출근길에 나선다.

매일 아침 섬으로 출근하고 있다. 회사의 섬 여의도. 높은 빌딩으로 사방이 둘러싸인 이곳은 대한민국 직장인들의 보금자리 중 하나다. 건물들과 수많은 사람으로 빼곡한 여의도를 멀찍이 관망하고 있자면 어느 날 타이타닉처럼 가라앉진 않을까 터무니없는 걱정도 된다.

오전 7시 30분에 그 섬으로 향하는 지하철엔 직장인들이 빼곡하다. 대기업과 공기업이 주를 이루는 여의도 직장인들의 출근 시간은 대부분 일정한 편이다. 여의 철도

789에서 사람들이 흘러나오면서 비로소 이곳의 하루가 시작된다.

구내식당 반찬으로 코다리조림이 나왔다. 명태는 가공법이나 잡은 시기에 따라 이름이 다양하다. 갓 잡아 올려 펄떡대는 생태, 꽁꽁 얼어버린 동태, 말리다가 날이 따뜻해져 속까지 까매진 먹태, 덜 자란 새끼인 노가리, 오늘처럼 조림으로 많이 나오는 반쯤 말린 코다리, 바닷바람에 얼고 녹기를 수차례 반복해야 만들어지는 황태는 이리저리 치이며 적응해 나가는 누구 모습을 보는 듯해 애틋하기까지 하다.

딴에 섬이라고 해 저문 여의도는 꽤 조용하다. 밖과 마찬가지로 고요해진 건물 안에서 말없이 두 시간을 야근한 후 집으로 돌아간다. 문득 올려다본 불 켜진 창문 수가 하늘의 별보다도 많다. 서울의 밤은 이런 반짝임이 모여 만들어진다. 언젠가 내가 켰을 사무실 형광등 빛을 보고 강 건너 누군가는 예쁜 별빛 같다며 감탄했겠지.

여의도 표류 생활 3개월째. 자전거를 딸랑이며 여의도로 출근하는 게 로망이라던 친구야, 나는 그걸 몰고 집으로 가고 싶단다. 찬 기운이 물러가면 싹이 돋아나고 꽃봉오리도 차오를 거다. 벚꽃 흐드러지는 여의도 윤중로는 장관이겠지? 베이지색 트렌치코트들이 여의도역 어귀 가로수 개수와 비슷해지면 봄이 왔다는 게 실감 난다.

회사 생활이 하루 이틀도 아닌데 내일도 출근한다는 사실은 받아들이기 영 쉽지 않다. 회사 동기들부터 비슷한 연차의 친구들도 출근만 생각하면 우울해진다니 날씨와는 별개로 정말 멀고도 험한 삶이다. 그럼에도 불구하고 내일도 여의도는 북적일 거다. 힘차게 스피드게이트를 통과해 키보드를 두드릴 거다. 자의인지 타의인지 알 수는 없지만.

야유회를 했다

면바지 대신 추리닝 차림으로 현관에 섰다. 회사 야유회 날이다. 모자를 챙겨야 할지 3초 정도 고민하다 그냥 문을 열고 나섰다. 근처에 사는 팀원들을 만났다. 모두가 평소보다 편한 옷차림이었다. 가을의 어느 날씨 좋은 금요일, 우리는 여의도가 아닌 양재 방향으로 출근했다.

올해 야유회는 운동회로 정해졌다. 그냥도 아니고 자그마치 '명랑 운동회'. 나이 먹고 뭔 명랑이냐며 코웃음 치며 들어간 잔디 구장에는 추억의 물품들이 깔려 있었다. 훌라후프와 배턴(바통)이라는 고대의 유물 옆엔 어디서 구했나 싶은 굵직한 줄다리기 밧줄이 놓여 있었다. 조금 얇아 보이는 건 단체 줄넘기용이지 싶었다. 고등학교 축구 경기 이후 처음 본 망사로 된 팀 조끼도 있었다. 나는 1팀, 빨간색 조끼다.

개회를 십여 분쯤 앞둔 어수선한 분위기 속에선 수다가 한창이다. 평소 같으면 말없이 모니터만 바라보고 있을 시간이지만 이날만큼은 왁자지껄한 것이 야유회를 실감케 한다. 턱 괴고 삐딱하게 앉아 있어도 눈치 보이지 않는다. 대놓고 웹툰을 봐도 괜찮다. 오늘만큼은 키보드와 마우스가 아닌 오렌지 주스와 간식을 손에 들고 있으니 소소한 행복감 추가요.

볕 잘 드는 창가에 앉아 명란젓에다 참기름 비빈 밥을 떠먹고 싶은 날, 명란 대신 명랑을 명 받았다. 같은 날 같은 이름으로 옆 본부 동기도 야유회를 가졌단다. 왜 회사 야유회는 체육대회이며 꼭 명랑이란 이름으로 대동단결인 걸까.

체육대회니만큼 운동 패션 구경이 쏠쏠하다. 상·하의 브랜드가 다른 체육복을 입은 보통의 사람들 사이로 등산 혹은 골프웨어를 걸친 분들은 최소 차장급이다. 간간이 보이는 청바지나 면바지 차림들은 설렁설렁 대충 하고 가겠다는 부류일 거고. 그 와중에 티셔츠와 바지는 물론이고 신발과 양말, 심지어 무릎 보호대까지 나이키로 무장한 나이키 보이도 있다.

댄스곡을 배경으로 단체 게임이 진행됐다. 회사 체육대회에서 아득바득 이기려고만 하는 플레이는 미덕이 아니다. 섣불리 너무 열심히 하다간 들려오는 볼멘소리의 표적이 되고 만다. 그렇다고 의욕 없이 설렁대는 사원은 은근한 눈총을 받으니 눈치껏 완급 조절은 필수다. 딱 반발짝만 앞선 의욕으로 웃음 주며 활약하는 우리의 나이키 보이가 보인다.

10월의 맑은 날 우리는 야유회를 했다. 친구들은 아직도 그런 걸 하는 회사가 있냐며 기겁을 했다. 이어 달리고 공을 굴리며 흘리는 땀이 매출 신장과 조직 활성화의 윤활유로 작용하던 그 시절 레트로 감성의 행사. 체육대회.

직원에게 선택권은 없다. 상무 전무급까지도 호각 부는 소리에 맞춰 목장갑을 얼른 끼고 영차영차 줄을 당겨야 했다. 그 와중에도 회사 시곗바늘은 흘러가고 있으니 좋은 걸 거다. 어차피 시간을 보낼 거라면 사무실에서 쭈그리고 있는 것보단 밖이 상쾌하니 좋은 걸 거다. 우리는 야유회를 했고 근무시간에 공식적으로 운동을 하니 너무 좋다며 눈만이라도 웃었다.

낭만적 간식과 뱃살

부스럭- 부스럭-

찌익 찍

우리의 소리를 찾아서-

이 소리는 여의도에서 근무하는 회사원 유 씨가

사무실에서 과자 봉지 뜯는 소리입니다.

군것질을 좋아하지 않던 내가 성인이 되어 과자를 다시 마주한 건 신입사원 3주 차였다. 각이 바짝 잡힌 상태로 말도 거의 않고 어설프게나마 일만 하던 나를 건너편 선배가 툭툭 쳤다. 우리는 편의점으로 가 과자 코너에 섰다. 너도 뭐 하나 고르라길래 선배를 따라 작은 초콜릿을 하나 집었다.

농촌을 소재로 한 영화나 드라마에선 밭일 중에 새참을 먹는 장면이 나온다. 시원한 막걸리 한 잔은 고된 농사일을 기꺼이 해내게 만드는 나름의 활력소란다. "새참이요!" 한마디에 어르신들은 구부정한 허리를 펴고 종일 등지고 있던 햇볕을 비로소 마주한다. 이마 위의 고됨이 웃음과 더해져 보람으로 승화될 때, 흙과 땀과 새참이 만드는 낭만이 완성된다.

빌딩 숲으로 고개를 돌리면 도시 속 새참 먹는 풍경이 보인다. 몇 시간째 꿈쩍 않고 모니터와 하나 되던 회사원들은 이윽고 과자와 빵 봉지를 뜯어 나눠 먹기 시작한다. 업무로 인해 헝클어진 머리를 슥슥 다듬고 휘핑크림을 잔뜩 얹은 커피를 마시며 즐거워하는 직장인들의 미소는 참 밝다. 행복한 간식 타임 이후에 따라붙는 뱃살을 미처 알기 전까지지만.

'당 떨어진다'라는 표현은 유독 일할 때 입에 붙는다. 모자란 당을 충전하기 위해 카페로, 편의점으로 향한다. 상큼한 껌을 짝짝 씹으면 화가 풀리고, 달콤한 라테 한 입에 금세 기분이 좋아지고, 매운 떡볶이가 스트레스를 날려주기도 하니깐. 당이 떨어진~다! 가자!

본격적으로 간식을 먹어댄 지 10개월째, 옆구리에 살이 붙었다. 일주일에 두세 번은 헬스장에 가는데도 뱃살이 잡히는 건 회사원의 숙명인가?

군대에선 행군 전에 건빵을 나눠줬다. 짐만 되고 목만 막히는 이런 걸 왜 주나 싶다가도 걷다 보면 손은 어느새 주머니로 가고 있었다. 그 소박한 간식에 정신이 팔렸던 건지 탄수화물의 힘이었던 건지 지루하고 끝없는 행군을 완주해 내고야 말았다.

힘 좀 내보려 할 때 입에 넣는 응원의 초콜릿 하나, 유독 처진다 싶을 때 까는 격려의 사탕 한 알과 위로의 과자 한 봉지. 강렬한 단맛과 짠맛이 부조화를 이루며 만들어내는 아이러니한 향연은 밋밋한 회사원의 삶에 작지만 새로운 자극을 준다. 달라질 것 없을 일상에서 간식만은 예외니 선반에 오늘은 또 어떤 간식이 놓여 있을지 궁금하다. 단짠단짠.

오늘도 어김없이 선배는 과자를 찾고 나는 모두가 공평하게 먹고 공평히 살찔 수 있도록 칼로리를 분배한다. 그렇게 오가는 과자 봉지 속 행복만큼 뱃살이 싹튼다. 우리는 팀이니깐, 먹어도 같이 먹고 살쪄도 같이 쪄야 하니깐. 선후배의 정이 오가는 낭만적 간식 시간 그리고 그 후의 뱃살.

새내기는
벗어났는데

서른 살에 대한 고찰

서른이다. 빼도 박도 못하게 이젠 진짜 서른 살이다. 이십 대엔 가끔 듣던 '아저씨' 소리에 기를 쓰고 손사래를 쳤다면 이젠 무덤덤하다. 아저씨라는 대명사를 거부할 수 없다면 그 앞의 형용사라도 잘 받아봐야 한다. 멋진 아저씨, 잘생긴 아저씨, 친절한 아저씨, 돈 많은 아저씨(2번 아니면 4번 하고 싶습니다!).

새해 1월 1일 0시. TV에서 흘러나오는 보신각 종소리에 한 살이 더 얹혀 나왔다. 침대에 기대어 제법 경건하고 희망차게 서른을 맞이했다. 스물여덟에서 아홉이 되는 순간에는 이십 대를 잘 마무리해야 한다는 부담감이 여타 감정을 압도했다면, 삼십 대로 넘어가면서는 새로운

10년에 대한 기대감과 설렘이 고개를 내밀었다.

　삼십 대 언덕에 발을 디디니 현자 타임이 자주 찾아온다. 은밀한 행위 뒤에 오는 그거 말고 노는 와중에 갑자기 찾아오는 미래에 대한 고민 말이다. 간혹 그럴 때가 있다. 퇴근길 유리창에 비친 내 모습에 급격하게 슬퍼지고, 고민을 그저 흘려보낼 시기는 지났음을 깨닫게 되는 때.

　서른 살이 되기 며칠 전 본가의 내 방을 정리하러 내려갔었다. 서랍 속엔 10년 전 고등학생 때 보던 교과서며 문제집에 각종 잡동사니가 한 아름 들어 있었다. 십 대의 기억을 들춰보고 이십 대의 추억을 펴보며 30분이면 끝낼 정리를 세 시간은 한 것 같다.

　문득 회식 자리에서 들었던 이야기가 떠오른다. 나이 대마다 인생이 흘러가는 속도가 다르게 느껴진다고 한다. 50대 팀장님의 인생은 시속 50km대로 흘러가고, 40대 차장님의 인생은 시속 40km대, 30대 대리님의 하루는 시속 30km대, 스물아홉인 내 시간은 시속 29km로 달려가고 있단다. 어느덧 내 인생의 속도도 시속 30km대에 진입했다.

　달리는 고속 열차 안에서 밖을 보면 빠른지 잘 체감이 안 된다. 맞은편에서 다가오던 기차가 스쳐 지나갈 때에야 비로소 빠르다는 것이 느껴진다. 일상이 그렇다. 열심히 사는 것과 시간을 인지하며 사는 건 다르다. 회사-집-회사-집을 오가며 열심히 살아도 의외로 시간에 대한 감각은 빠져 있는 경우가 많다. 그러다 한 달이 지나고 1년이 지날 때쯤 한숨이 나온다. 열심히는 산 것 같은데 대체 뭘 했지?

인생의 방향성과 더불어 고민해야 할 숙제는 그 속력에 발맞추는 법일 거다. 두 다리로 단순히 달려서는 미친 듯이 달려가는 시간을 도저히 따라잡기 힘들다. 이럴 땐 비슷한 속력의 뭔가에 편승하거나 중간지점에 먼저 도달해 기다리는 식으로 자기만의 방법이 필요하다. 내 경우엔 삶에 계속해서 새로움을 주입하며 시간의 속도감을 온몸으로 느끼는 쪽이다.

올해는 자의 반 타의 반으로 낯섦을 받아들이고 있다. 거주지를 옮겼고 근무지도 바뀌었으며 주변 동료들도 변했다. 인생의 방향성과 속도라는 줄 위에서 아슬아슬하게 서 있다. 처음엔 흔들리겠지만 점차 균형을 잡아갈 거다. 그리고 끝내 펄쩍 뛰어가며 재주도 부리겠지.

하이데거는 낯선 것과의 조우를 통해 이성이 시작된댔다. 비로소 낯선 이성(異性)보단 이성(理性)에 대해 사고해볼 수 있는 나이가 되었다. 빨라진 조류 위에서 새로움을 수용하는 자세로 노 저어가려는 나는 서른 살이다.

사원증에게도 신입 시절이 있었다

퇴근길의 9호선은 그날도 붐볐다. 다닥다닥 붙어선 낯선 이들에게서 선배들의 익숙한 담배 찌든 냄새가 나는 곳. 냄새의 근원지에서 멀어지려 몸을 슬쩍 돌리다가 팔뚝에 뭐가 틱 부딪혔다. 내 팔과 추돌한 그건 다시 왔던 방향으로 돌아갔고 주인은 "죄송합다"라고 말하며 사원증 목걸이를 얼른 추슬렀다. 덜컹대는 지하철에 맞춰 진자 운동 중인 사원증은 다른 누군가를 치게 될 게 거의 확실했지만 주인은 전혀 벗을 마음이 없어 보였다. 오후 7시에도 흐트러짐 없는 칼 정장에 포마드를 바른 가르마 머리, 무엇보다 사원증 앞면을 당당하게 까둔 모습이 백 퍼센트 신입사원이었다.

신논현역에 내려 약속 장소로 들어갔다. 장장 4년간의 취준생 생활을 끝마치고 공기업에 입사한 친구와 저녁 먹기로 한 날이었다. 얼마 만이냐, 축하한다, 하이 파이브를 하며 자리에 앉았다. 소맥을 다섯 잔이나 비웠을 때야 그가 사원증을 찬 채로 밥을 먹고 있었음을 발견했다. 코레일의 강 사원. 신입사원 강 사원.

"어휴, 철도청의 미래, 강 사원님~ 멋져!"

"아, 이거."

철도 꿈나무 강 사원은 되게 부끄러워하면서 사원증을 셔츠 단추 사이로 밀어 넣었다. 달랑대는 사원증이 명찰 같고 뭔가 귀여워 보여서 말했는데 혹시 놀리는 것처럼 들렸을까 봐 괜히 더 주절댔다. 강 사원은 상큼한 새내기가 됐고 먼저 취업한 나는 그에게 (굳이 말 안 해도 될걸) 귀엽다고 말해버리는 꼰대가 됐다. 우습게도 꼰대의 그 시절도 비슷했다. 첫 출근은 몰라도 사원증과의 첫 만남은 꽤 특별했으니까.

사원증을 목에 건 회사원의 모습은 취준생들의 로망 중 하나다. 사원증 매고 밥 먹으면서 웃는 나. 사원증 매고 동료들과 떠드는 나. 사원증 매고 업무에 열중하며 보람찬 미소를 짓는 나. 웃는다는 것만 빼면 그건 그대로 현실이 됐다.

두 달에 걸친 신입사원 교육 마지막 날 드디어 사원증을 금메달처럼 목에 걸었다. 늘 보는 (보정 덕에 조금은 더 잘생겨 보이는) 내 얼굴과 이름 석 자, 그 옆에 함께 적힌 회사명. 나의 새로운 둥지요, 울타리, 또 보금자리다. 어색하기도 하고 신기했다. 합격 발표 메일을 받았을 때도,

또 신입사원 연수원에 입소할 때도 꿈꾸는 것 같던 입사가 드디어 실감이 났다.

사원증을 맨 채로 귀갓길에 올라 버스를 탔고 지하철도 탔다. 사실 벗는 걸 깜빡했던 게 아니라 일부러 그 상태로 나왔다. 세상천지에 내 이름과 소속을 알리는 행위가 아찔할 법도 하건만 그때는 꼭 그러고 싶었다. 왠지 모를 자신감이 충만했었다. 이십 대 중반, 내 힘으로 뭔가를 이뤄냈음을 은근히 뽐내고 싶었다. 지하철 환승 통로도 집 앞 마트 앞도 모두 나의 런웨이였다. 가는 길에서마저 하도 만지작거린 통에 손때가 묻었을까 셔츠 자락으로 수도 없이 닦곤 했다. 지금은 출입증 역할로만 쓰이고 밥 먹을 때 자꾸 국그릇에 빠지는 통에 여기 저기 뜯어지고 흠집 난 사원증의 화려한 과거다.

입사한 순간부터 지금까지 가장 오랫동안 함께한 내 사원증. 긁히고 거뭇거뭇 때까지 타 못생겨진 사원증에게도 빛이 나던 '쌔삥' 시절이 있었다. 짜장면 하나에 너무나 행복했던 GOD 형아들처럼 사원증 하나에 설레고 행복했는데 어느새 무던해졌다. 출근할 때 손에 잡히는 맨투맨을 대충 걸치고 나가는 내게도 킹스맨 차림으로 출근하던 시절이 있었다. 차장님의 짓궂은 농담을 능글맞게 받아치는 나한테도 선배들의 장난에 쩔쩔매기만

하던 날이 있었다. 이제는 돌아갈래야 돌아갈 수도 없는 나의 찐 신입사원 시절 이야기다. 새벽까지 혼자 남아 장표를 만들다 촉촉해진 눈가를 훔쳐내던 그때가 가끔은 그리울 때가 있다. 사원증 속 내 눈빛이 왠지 모르게 원숙해 보였다.

Don't judge a book by its cover

술자리에서 흔히 하는 놀이 중에 이미지 게임이 있다. '가장 ~ 할 것 같은' 사람을 동시에 가리켜 가장 많은 지목을 받은 이가 벌주를 마시는 게임이다. 대학교 새내기 새로 배움터나 신입사원 모임과 같이 최대한 서로 잘 모르는 상태에서 했을 때 가장 솔직한 의견이 나올 수 있는데 언제나 결과에 대한 이의 제기가 속출하곤 한다. 결백을 주장하는 느낌표의 개수와 웃음의 크기 중 뭘 우선시해야 할진 모르겠지만 그저 서로가 받은 첫인상의 느낌을 따랐을 뿐이다.

Don't judge a book by its cover. 초등학교 영어 교과서 어느 챕터의 제목이기도 했던 이 문장을 직독 직해하자면, '하지 마라, 판단, 책, 표지로.' 그러나 책을 고를 때 디자인부터 눈에 들어오는 건 자연스러운 본능이지 않은

가. 신동엽 시인처럼 '껍데기는 가라'고 말하고 싶지만, 어떡하랴? 우리 눈은 공항 검색대가 아니라 껍데기부터 먼저 보이는걸. 그렇게 이미지 게임의 피해자들이 발생하게 된다.

나를 처음 보는 사람들은 보통 이런 말을 한다.

"영업이 체질이신가 봐요."

표지로 내용물을 판단하는 전형적인 사례다. 잘 웃으며 첫 만남에서도 주도적으로 이야기를 이어나가는 내 모습은 다 피나는 노력의 결과물이다. 처음 보는 사람들과는 빨리 친해져 놓는 게 여러모로 효율적이기 때문이다.

익숙해졌다 싶은 시점부터는 참여도를 줄이기 시작한다. 혼자가 더 편하고 여럿이 함께하는 건 피곤하니까. 그렇다 보니 다양한 사람들과 소통해야 하는 영업 직군에서 일하며 언제나 퇴사 고민을 하곤 했다. 그러나 여전히 회사 안팎으로 처음 마주친 사람들은 내가 외향적인 줄 안다.

처음 제공된 정보가 기준점이 되어 인식의 닻을 굳게 내려버리는 앵커링 효과로 인해 사람들은 첫 만남의 행동을 보며 최종 같은 1차 판단을 내린다. 두 번째 만남이 세 번, 네 번으로 넘어가면서 첫인상은 종종 뒤집힌다. 그리하여 무서워 보였던 팀 선배가 가장 나를 챙겨주는 사람이 되기도 했으며 내게 관심조차 있을까 싶었던 분께 인생 조언을 듣기도 했다. 발랄한 성격의 친구는 의외로 혼자 시간 보내는 걸 즐기는 스타일이기도 했다. 과묵해 보이던 동기는 사실 미스터 빅 마우스였고 새로 팀에 오신 선배님의 진중함 속엔 다정다감한 형이 있었다. 물론 아직까지 파악이 어려운 사람들도 간혹 있긴 하지만 조금 멀찍이서 오래 관찰하고자 한다. 사람에 대한 판단은 담금주와 같아 일정 시간이 지나야 제맛이 날 테니까.

첫인상의 늪이 생각보다 질퍽이고 겉모습의 수렁이 의외로 깊지만 제대로 보려면 기어코 기어 나와야 한다. 섣부른 판단으로 힘들어 본 경험이 있다면 앞으로의 만남에선 조금 더 자세히 또 진득하게 보려 하겠지. 나태주 시인의 〈풀꽃〉의 어느 시구처럼 자세히 보아야 예쁘다. 오래 보아야 사랑스럽다. 너도 그렇다.

발음 신경 쓰지 말고 씩씩하게만 외쳐! 돈 저지 어 북바이 이츠 커버!

그들의 언어에
익숙해지려면

그들이 English를 쓰는 이유

20년 전 기억을 거슬러 올라가 보면, 아주머니(혹은 아저씨)들이 만났을 때 튀어나오는 영단어들이 있었다. 가령 Negotiation의 줄임말인 '네고'가 있다. N, e, g, o 말고도 알파벳이 일곱 개나 더 들어 있는 명사지만 지금까지도 그 단어가 두 음절을 넘어 발음되는 걸 들은 적이 없다. '네고'와 '협상'은 철자 수도 같고 발음하기에 드는 노력도 비슷한데 왜 굳이 미제 단어를 선호하나 싶었다.

해외 사업본부로 옮긴 뒤 한국어와 영어를 섞어 쓰는 사람들을 다시 만났다. 참조 걸린 E-mail은 조금 당황스러웠다.

'Sales들에 매출 collection 강하게 push 하면서 빠르게

deal-making 전개하여 각종 장애 및 risk 요인들 verify하고, 만회 plan 수립 통해 목표 달성 visibility 확보하겠습니다.'

무슨 방 탈출 게임 암호도 아니고 굳이 저렇게 쓰는 이유는 과연 뭘까? 한국말로 표현하기 어려운 단어가 있는 것도 아니고 특별한 의미가 담긴 것도 아니고 오히려 키보드 한/영 키를 누르는 수고가 더 들 것 같은데…… 여우 피하려다 호랑이 만난다더니 네고 아주머니들을 잘 피해 왔더니 또 다른 그들만의 언어를 맞닥뜨리게 됐다.

경제과 교수님들은 원어로 된 전공 서적을 추천하셨다. 아무리 뛰어난 번역체도 원어 문장만큼 직관적일 순 없다면서. 그렇지만 문장 하나당 하나씩 들어간 영단어가 과연 어느 정도로 직관성을 선물할 수 있을까? 내부 사람들끼리만 수건돌리기 하듯 돌고 도는 메일이기에 이 사이선 나름 clear하겠지. Verify, Visibility, On-track, Progress…… 족보처럼 상용되는 몇 종류의 한정된 단어를 메일에 넣고 있는 사람들을 보고 있으면 토익 스피킹 스크립트를 달달 외우는 취준생들이 생각난다.

입사해서 처음으로 써 보낸 보고서는 그들만의 잉글리시로 뜯어고쳐졌다. 빨간색으로 뒤덮여 너덜너덜하게 되돌아온 장표를 멍하니 바라봤었다. 그들이 영어를 쓰는 방식, 그리고 그 이유를 이해해 보고자 했다. 회사마다 팀마다 그 안에서만 사용하는 언어가 있다. 입사 후 낯섦의 선봉에 있던 그것은 시간이 지나며 소속감 혹은 지루한 일상의 상징이 되어 간다.

롤러스케이트를 신고 머리엔 꽃을 꽂은 어떤 선생님은 English는 마음속에 있는 거랬다. 그들이 사는 세상에 들어온 지 반년째, 내가 알던 잉글리시는 마음속에 담아두고 새로운 언어로 소통하는 데 적응 중이다. 싫은 소리까지 영어를 섞는 태도는 영 적응이 쉽지 않긴 하지만('너는 언제쯤 팀에 contribution할 거냐?', '어떤 value를 만들어낼 수 있을지 고민 좀 해봐!').

기계 부품을 바꾸듯 그간 쓰던 단어를 지워낸 빈자리를 이곳만의 표현으로 채워 넣었다. 이 회사 오는 바람에 핸드폰도 여기 걸로 바꿔야 했는데 또 뭘 못 바꾸겠어? 마음을 단단히 먹고 우리의 것이라기엔 아직은 어색한, 그들만의 언어가 등장하는 이메일을 다시 켠다.

죄송해서 죄송합니다

"요즘 애들은 사과할 줄을 모른다니깐."
임원 포스의 노신사 입에서 나온 말에 슬며시 자리를

옮겼다. 지하철을 기다리는 와중 옆에 서서 누군가와 통화를 하고 계셨는데, 십이지장에서부터 우러나온 것 같은 진담을 농담인 듯 내던지는 요령은 그동안 그가 먹었을 회삿밥의 양을 짐작게 했다.

월요일인 오늘의 오전 업무는 시장 데이터 정리. 시스템에서 데이터를 추출 후 엑셀 작업해서 팀에 공유해야 한다. 가끔 파티션 건너편에서 "어, 숫자가 좀 이상한데?"라는 말이 들려오면 한숨이 나오긴 하지만 그래도 할 만하다.

시스템에서 엑셀 데이터를 뽑는 건 별로 어렵지 않다. 라면 물 올리듯 전산 화면에서 몇 개 클릭하면 알아서 대령한다. 자동화다. 좋다. 커피 한 잔 마시고 오는 시간이면 데이터가 추출된다.

오늘은 데이터 추출을 걸어놓고 휴게실에서 삶은 계란까지 먹는 여유를 부렸다. 돌아왔더니 데이터가 안 뽑혀 있다. 종종 있는 일이라 'failed' 메시지 창을 닫고 아까의 클릭질을 재개했다. 자리에 얌전히 앉아 관전한다. 2차 failed. 3차 시도에는 화면만 뚫어지라 쳐다봤다. failed. 빨리 데이터를 뿌려야 한다. 별것도 아닌 일로 한 소리 들으면 하루가 힘들어진다. 어쩐지 아까 계란 껍데기가 유난히 안 벗겨지더라니.

염려하던 일이 시작됐다. 데이터는 언제 볼 수 있냐는 첫 연락을 받으니 가슴이 답답해지고 조바심이 난다. 침이 마르고 입안엔 딱딱한 게 씹힌다. 아무래도 계란 껍데기를 덜 깐 게 분명하다. 데이터 추출은 여전히 불가능하다. 법안 개정도 아니고 10차 시도까지 갔지만 보이는 건 텅 빈 화면뿐. 시스템에 명시된 관련 팀마다 전화해 봐도 서로 자기 일이 아니라고 계속 돌려준다. 지구는 둥그니까 자꾸 돌려 나가면 처음 통화한 사람을 다시 만날 수 있다. 익숙한 목소리의 그녀가 일단 기다리란다.

결국 데이터 공유는 늦어졌고 한 소리를 들었다. 변명처럼 들릴지언정 정확한 상황을 전달해야 한다고 생각해 시스템 문제로 이러저러했다고 말씀드렸다.

"그냥 죄송하다, 다음부터 유의하겠다, 한마디만 하면 되잖아?"

점심을 먹고 올라오는 길에 과장님이 오전 일에 대한 조언을 해주셨다. 똑똑한 사회생활의 모범 답안이긴 하다. 나는 듯 빠른 그의 걸음걸이와는 반대로 내 발은 그 자리에 우뚝 서버렸다. 그저 허공에 울려 퍼진 속마음. '시스템이 이상한 거지, 사실 제 잘못은 아니잖아요.'

예로부터 임금과 스승과 아버지는 하나셨단다. 회사에선 시스템의 잘못, 기기의 잘못, 천재지변의 잘못, 그리고 나의 잘못은 하나다. 적어도 여기에선 그런가 보다. 죄송해서 죄송합니다!

젊은 그대, 젊은 꼰대

BBC '오늘의 단어'에 자랑스러운 한국의 단어가 소개됐다.

KKONDAE: An older person who believes they are always right. and you are always wrong(자신이 늘 옳다고 믿는 나이 많은 사람. 그리고 당신은 늘 틀리다).

BBC 브랜드 파워 덕이었는지 시대의 부름을 받은 영향이었는진 몰라도 거의 모든 매체에서 꼰대 특집이 성행한 가운데, 꼰대 신드롬은 회사를 구석구석 뒤흔들어 놓으셨다.

90년대생들 기준에서 꼰대는 세 부류로 나뉜다. 기사 내용을 한 번에 못 알아듣고 다시 말해 주면 영화 내용 듣듯 하는 (사실 본인 이야기인데) 제일 늙은 꼰대, 관심 없다는 듯 반응하지만 그 단어를 만든 어린놈들의 예의 없음이 괘씸해 담배 하나 더 꺼내 문다는 덜 늙은 꼰대, 그리고 기사 링크를 먼저 공유하고 장난을 주고받는 가장 무서운 대리급까지. 젊은 꼰대 주의보가 울린다.

묵직하지만 단순한 직구만 던지던 전통 꼰대 세대들에 비해 젊은 꼰대들은 투구에 변화를 주고 있다. 대놓고 꼰대 짓 하면 욕먹게 되니 뒤에서 위협구를 시도하는 것이다, 요즘 애들 태도가 맘에 안 들어 몸 쪽 꽉 찬 빈볼을 던지기도 한다(가끔씩 그런 공마저 따악 따악 쳐대는 멘탈 만렙 신입들이 있기도 하다!). 듣기만 해도 꼬장꼬장함이 연상되는 단어 '꼰대'. 발음도 어려운 와중에 입에 더 착착 감기는 '젊꼰'까지, 누구 작품인진 몰라도 정말 잘~ 지었시다!

언젠가부터 젊은 대리들이 부장님들의 꼰대 정신을 이어나가기 시작했다. 어느 동기의 말마따나 형님, 누님들이 달려드시면 그땐 정말 답이 없다. 전통적인 꼰대들이 단단한 등껍질을 가진 거북이라면 젊은 꼰대들은 상대하기 더 까다로운 고슴도치다. 많아야 서너 살 차이인 선배들은 불과 몇 해 전 본인 모습이었던 신입사원의 생각이 훤히 보이니, 이들이 텃세를 부리며 군기를 잡으면 후배 앞엔 천 길 가시밭길이 펼쳐지고야 만다.

말로는 후배를 위해서란다. 아무리 힘들어도 어쨌든 버텨서 해내면 성장하는 건 맞으니 틀린 말은 아니다. 열어보고 까보고 뒤집어보면 세상에 순수하게 나쁜 의도를 가진 사람은 잘 없으니까. 하지만 만약 '내가 당했으니 너도 당해야 한다'는 보상 심리가 숨어 있다면 그건 그저 권

위적 전통의 세습일 뿐일 테다.

나이나 직급별로 범주화된 각자의 시간대 속에서 살고 있는 직장인들. 지금 촌스럽다는 김 부장님 표 건배사도 그 시절엔 인기 있던 놀이문화였을 거다. 지금 우리가 그들을 꼰대라고 부르는 것처럼 10년 뒤 후배들은 같은 의미의 다른 이름으로 우릴 칭하겠지.

이해하긴 어렵더라도 인정할 줄 안다면, 말하고 싶은 만큼은 들어준다면, 약자 앞에서 부드러워질 수 있는 마음가짐이라면 적어도 꼰대가 아니라 '그래도 괜찮은 사람' 혹은 그 언저리에 도달할 수 있지 않을까? 꼰대가 꼰대인지 알면 꼰대겠냐만, 젊은 그대, 혹시 젊은 꼰대는 아닐는지?

4년 차

대기업 들어가면
끝나는 줄 알았는데

정글에서
살아남기

누가 해외 출장 부럽다 소릴 내었는가

먼저 출장 다녀온 동기들의 이야기를 들으면서 나의 첫 출장은 과연 어떨지 궁금했다. 시스템에 품의를 등록할 때만 해도 보통의 업무와 다른 점을 느끼지 못했었는데 '0월 0일 ○○행 항공권 발급 및 호텔 예약이 완료되었습니다'라는 여행사 연락을 받을 때야 비로소 실감 나기 시작했다.

캐나다로 출장을 간다니 부러워하던 지인들의 반응을 동기들에게 들려줬다. 뭔 말 같지도 않은 소리냐며 중구난방 지역 방송으로 시끄러운 와중 안쪽에서 조용히 커피만 마시던 중남미 담당 형이 드라마 캐릭터처럼 근엄하게 한마디 했다.

"누가 해외 출장 부럽단 소리를 내었는가? 누가 그런 소리를 내었어?!"

가족과 친구들은 비행기 타는 것 자체가 일단 부럽단다. 매일 같은 공간에서 시간을 보내는 사람들은 새로운 장소에서 쌓는 경험을 부러워할 수도 있겠다 싶다. 쉽게 갈 수 없는 곳일수록, 먼 도시일수록 터져 나오는 감탄사는 커져가고 동시에 출장 예정자들의 한숨 소리도 덩달아 높아진다. 이번에 출장 가면 또 뭘 해와야 할지 고민이라는 동기 어깨를 툭툭 쳐주는 와중에 그의 핸드폰에 메시지가 도착했다. '러시아 가서 너무 좋겠다!'

"출장은 다른 행성에 가는 느낌이야. 목성을 밖에서 보면 엄청 이쁜데 안에 들어가면 바로 죽잖아."

우주 영화를 보고 온 동기 형의 코멘트를 들으니 해외 출장에 대한 부러운 시선은 실제 출장자들에겐 눈에 마구니가 낀 것으로밖에 보이지 않나 보다.

기린을 보지 못한 사람은 실제보다 더 거대한 기린을 상상한다. 친구들의 부러움과 야무진 착각을 부르는 JFK행 티켓의 밑동은 사실 이렇다.

입국일이 다가올수록 부담감이 스멀스멀 올라온다. 누누이 말하지만 놀러 가는 게 아니라 일하러 가는 거다. 출장이란 명목하에 나간 만큼 어떤 형태로든 결과물을 들고 와야 한다. 놀고 왔다는 소리를 듣지 않을 정도로 그럴듯한 것이 필요하니 경험이 적은 병아리 사원일수록 복귀 전날까지 밤샘 작업을 한다.

출장지로 출발하면서부터 고생의 시작이다. 장거리 비행에서 체력이 일차적으로 소진되고 시차로 인해 피로가 쌓여 간다. 잠자리도, 물도 바뀌고 빵으로 가득한 호텔 조식과 익숙하지 않은 향신료를 팍팍 넣은 음식으로 세 끼를 때우니 속은 부대껴 온다. '그래도 퇴근 시간 이후엔 관광도 하고 좋지 않냐'라는 질문엔 늦게까지 일하고 현지 근무하시는 분들과 식사(라고 쓰고 술자리)하고 들어와 쉬기 바쁘다고 말해주련다.

한국에 돌아와서 다시 적응하는 데에도 시간이 걸린다. 1~2주의 출장 이후 돌아오면 다시 시차에 적응하느라 정신이 없다. 복귀 다음 날 바로 출근해야 하니 컨디션 회복이 더뎌진다. 오후엔 졸음이 밀려오고 새벽엔 눈이 떠지는 시차 적응 기간에는 출장 자주 다니면 건강 상한다는 선배들 말이 이해 간다.

일하러 가는 걸 출장이라고 하고, 놀러 가는 걸 여행이라고 부른다. 가방을 싸면서 설렘에 가슴이 간지러워지는 순간이 여행 준비할 때라면 출장 준비 시엔 부담감으로 등까지 간지럽다. 누가 효자손 좀 사줘요, 흑흑.

번쩍이는 마천루 속 불빛과 고풍스러운 성곽에 가려진 해외 출장 그 뒷이야기. 어디 보자, 아까 누가 해외 출장 부럽다 소릴 낸 것 같았는데…… 아직도?

진작 좀 불러주지 그랬어요, 우리 애라고

20층에서 내려가는 엘리베이터를 타고 로비로 내려왔다. 7층에서 로비로 내려오는 맞은편에서 동기 형이 내렸다. 각자의 하루를 마무리하고 저녁을 먹으러 가는 길, 마포에서 유명하다는 평양냉면집에 갔다. 심심한 맛이지만 이내 술술 들어가고 편안하게 소화되는 평양냉면. 맵고 짜고 때론 쓴 회사 생활도 이 음식을 반만 닮아줬으면 좋겠다는 생각으로 국물을 한 숟갈 입에 떠 넣는다.

이야기를 나누며 식사를 하던 중 업무 메신저가 왔다며 형은 한숨을 폭 쉰다. 굳은 표정으로 핸드폰을 보길 잠시, 웬걸 형의 얼굴이 핀다. 칭찬받았단다. 슬쩍 본 메신저 창에는 이런 메시지가 와 있었다. '우리 ○○씨가 챙긴다고 고생했으니까 잘 좀 부탁합니다.' 어디가 칭찬 포인튼지 헷갈려 핸드폰과 형을 번갈아 보고 있자니 콕 찍어준다.

"아이~ 여기 있잖아, 나 고생했다고 두둔해 주는 거.

그리고 여기 '우리 ○○씨.'"

추운 날씨 때문이었는지 양 볼이 발그레해진 형이 커피나 마시자고 앞장선다. 뒤따르는 내 기분까지 괜스레 좋다. 회사 이야기 중에 말꼬리가 가벼워진 것이 얼마 만인 건지. '우리'라는 두 글자에 웃는 직장인들이다. 2음절 소리를 내는 딸랑이를 보고 방긋대는 서른이들이다.

누구든지 집에서는 이쁜 우리 애다. 집에서 무조건적인 애정과 응원을 받아오다가 사회에선 그런 대우를 받지 못하니 처음 사회에 나온 이들은 퍽 당황스러워한다. 그래서 반대로 누군가의 작은 칭찬에 쉽게 감동하기도 하는 곳이 바로 회사다. 조그만 격려로 누군가를 행복하게 만들어 줄 수도 있는 공간이고.

상가 복도에서 자전거를 몰고 다니는 아이를 야단치는 경비원에게 왜 애 기 죽이냐며 되려 목소리를 높이는 아빠. 그는 그날 낮엔 신입사원 면전에서 혀를 쯧쯧 차던 차장님이었다. 그 친구도 어느 집 귀한 자식임을 알면서도 회사는 일하는 곳이라는 나름의 논리로 책망을 합리화한다.

"그러니깐! 난 많은 거 안 바란다니까?"

커피를 기다리며 아까 이야기를 계속하던 '우리 형'의 목소리가 순간 커졌다. 슬쩍 건네는 칭찬에 하루의 피로를 잊고 웃음 지을 수 있고 은근한 독려 문자 한 줄에 내일의 출근이 두렵지 않게 되는 신입들의 소박한 바람. 웃어주시는 팀장님과 어깨를 감싸 안는 선배의 앞에서 유치하게나마 소속감이 커져간다. 충성! 충성! 충성!

신입사원과 선배들의 시계는 반대로 흘러간다. 언젠가 서로의 전성기가 뒤바뀔 거다. 과거의 새파란 애송이를 진작 챙겼어야 했다고 아쉬워할 날이 온다. 누구 뒤에선 후배들이 든든하게 받쳐주는 걸 보며 본인도 진작 용병술을 써볼걸 후회해도 늦었다. 잘했다, 고생했다, 돈 한 푼 들지 않는 그 한마디의 위력을 그땐 미처 알지 못했다며.

호칭이 사람을 만든댔다. 우리 애, 내 새끼, 말부터라도 정붙이다 보면 정말 우리 애가 되어 있다. 그렇게 탄생한 우리 아이들은 친구들과의 술자리에서도 상사를 그 새끼가 아닌 '우리 선배님'으로 꼬박꼬박 불러줄 거다. 당겨주고 밀어주는 사이 쌓이는 선후배 유대의 온기는 추운 날 언 손을 녹여줄 난로가 되겠지.

광팔이들의 시대

고스톱을 배웠다. '노름이 아니라 재밌는 놀이'라는 말에 이끌려서. 명절 할아버지 댁에서도 마다하던 걸 이제 와서 왜 배웠는지 모르겠지만 알려준다니 일단 앉아봤다. 기본적인 룰만 알면 금방 칠 수 있다더니 판이 몇 번 돌자 금방 적응하게 되었다. 네 번째 판에선 꽤 크게 이기기도 했다.

여러 규칙 중 '광박'에 대한 내용이 인상적이었다. 누군가 끗수가 가장 높은 패인 광(光)으로 승점을 냈을 때, 그걸 하나도 갖지 못한 사람은 돈을 두 배로 물도록 하는 규칙이다. 가진 자에게는 최고의 무기가 되고 없는 쪽은 가슴 졸이게 하는 이 광이라는 패는 심지어 게임에 참여하지 않는 상황에서마저도 보탬을 준다. 공양미 삼백 석을 위해 인당수로 뛰어든 심청이와 비슷한 듯 다르게 우리 광도 팔려 가며.

기본적으로 화투는 세 명이 치는 게임이다. 그래서 넷이서 할 경우엔 선을 잡은 사람의 반시계 방향으로 참여 여부를 결정하게 된다. 앞의 셋이 모두 하겠다면 마지막 인원은 어쩔 수 없이 빠져야 한다. 이때 그가 가진 패 중에 '광'이 있을 경우 혹시나 이길 수 있었을 판에 참여 못해 손해를 보는 격으로 여겨져 일정 액수의 돈을 보상받게 된다. 그걸 '광 판다'라고 표현한다.

타짜가 아닌 이상 광은 노력한다고 얻을 수 있는 게 아니다. 그저 운이 좋아 획득했을 뿐인 이 패는 점잖게 슥 내미는 것만으로 공돈을 벌 수 있게 해주는 고마운 한 수다. 회사에서도 우연히 '광'이 들어오는 경우가 있다. 늘 같은 족속들만 그런 패를 쥔다는 점에서 게임판과는 다르긴 하지만.

광 팔기. 사내에서의 그 명칭은 기존의 의미에서 살짝 달라졌는데 보통 별것 아닌 걸 대단한 모양새로 부풀려 대접받는 행위를 일컫는다. 과대 포장도 실력이라면 실력이랄 수 있겠지만 문제는 그런 식으로 공동의 공을 개인이 독식하는 경우가 발생한다는 것이다.

작은 건수라도 잡기만 하면 팍팍 티를 내는 데 특화된 사람들. 복어처럼 몸을 부풀릴 줄 알고 꽃등에의 보호 무늬를 띤 그들은 집사를 간택하는 길고양이의 뻔뻔함까지 갖췄다. 모르는 척 손 안 대고 코 풀려는 시도가 잦아지다 주변 사람들이 거북하게 느끼는 지경에 이르면 그들은 비로소 이렇게 불린다. 광팔이 새끼들이라고.

밉살스러워하는 눈초리를 감내하면서까지 요리조리 제 몫을 챙겨나가는 광팔이들은 한편으로는 대단하다. 살아보겠다고 아등바등하는 몸짓을 보면 얄미운 와중에도 같은 월급쟁이 신세니 측은하기도 하다. 저 짓도 나름대로 힘들겠지. 꼼수를 동원해서라도 본인 존재를 증명하려는 생존 방식일 테니까.

짬 좀 되는 연차들의 전유물로만 여겨지던 광 팔기가 사원들 사이에서도 등장하는 걸 보면 지금은 바야흐로 광팔이들의 시대인 듯싶다. '있어bility'를 지향하는 말 많고 발 빠른 이들이 득세하는 요즘. 묵묵히 하다 보면 내 가치를 언젠가 누군가는 알아주리라 믿는 건 순진한 바보들뿐이란다. 가만히 있는 사람만 광박을 때려 맞는 현실이다.

무소의 뿔처럼 혼자서 가면 속 편하고 좋겠지만 그러다가 정말 혼자가 될 수도 있는 여긴 꽤 만만치 않은 곳이다. 광을 파는 건 바라지도 않고 그저 피박이라도 면하길 바라며 오늘도 회사라는 이름의 판에 앉는 선후배님들, 모쪼록 부디 5광하시기를!

그날의 분위기

평소보다 10분은 이르게 집에서 나선 아침이었다. 금요일 다음으로 행복한 목요일. 기분 좋게 사무실로 들어와 인사를 했다.

"굿모닝~ 안녕하세요!"

평소 같았으면 "응~ 안녕" 하고 다정 무심히 받아줬을 대각선 자리 선배가 말없이 눈짓을 했다. 크게 한 번 동그 래졌다가 위에서 아래로 휙휙 움직이는 눈. 눈썹과 턱까 지 동원해 신호 보내는 걸 보면 분명 심각한 상황이다. 소 리 없이 가방을 내려놓고 얼른 PC를 켰다.

"아니, 그러니까 정확한 사유를 대보시라니까?"

팀장님 목소리다. 안 그래도 큰 목소리에 더 힘이 실린 걸 보아하니 아침부터 기분이 별로신가 보다. 쾅쾅! 키보 드 자판이 잘 안 눌러지는지 마음이 억눌러지지 않는지 큰 소리도 계속해서 이어졌다. 어김없이 시작인가 보다.

바로 앞에 뒀던 커피잔을 책상 가장 안쪽으로 쭉 밀어 넣었다. 최대한 튀어 보이지 않는 것이 상책. 맞은편 선 배는 끼고 있던 이어폰을 슬그머니 벗었다. 불안해하는 눈빛이 더 불안해하는 눈빛과 마주쳤다. 옆자리 선배가 낮고 단호한 어조로 속삭였다.

"얼른 모니터만 봐! 이빨 보이지 말고."

팀장님의 심기는 여전히 불편해 보였고 오후의 팀 분 위기도 삭막하기만 했다. 기대했던 즐거운 하루는 무슨, 꿈도 희망도 없는 목요일이었다.

그날 이후 유행어 아닌 유행어가 돼버린 '이빨 보이지 마.' 해학적인 어감에 비해 시사하는 바는 결코 가볍지 않 았으니, 상사의 기분에 맞춰서 행동하란 뜻일 거다. 팀장님이 왜 화가 나셨는지는 중요하지 않다. 이미 폭풍우가 몰아치는데 원인 파악이 무슨 의미가 있을까? 돌덩이가 날아다니고 창문이 깨지는 결과에 대비라도 해야지. 더한 피해만 없길 기도하면서.

회사 내 기류는 그렇게 시시각각 변해 간다. 오늘 좀 편하다고 방심하다가는 내일은 그냥 뛰쳐나가 버리고 싶을 수도 있다(운이 나쁘다면 오후부터라도 당장). 지레 겁을 먹다 보니 분위기가 너무 좋아도 마치 폭풍 전야가 아닐까 긴장되기도 한다.

그분의 심기에 맞춰 보낸 여덟 시간. 봐도 못 본 듯 들어도 못 들은 듯 미소 짓지도 찡그리지도 않는 표정으로 하루를 보냈다. 분위기에 휩쓸리지 않고 그저 업무에 열중하는 표정을 지으며 앉아 있었다. 물론 동태를 감지할 귀와 눈은 열어둔 채로. 언제든지 웃을 수 있는 얼굴 근육과 납작 엎드릴 수 있는 유연함 겸비는 덤이다.

누군가의 하루는 그 위 누군가의 기분에 좌지우지된다는 걸 너무나 잘 알게 되었다. 왜들 그리 다운돼 있냐고 물어온다면 몰라서 묻냐고 대답하련다. 욕은 마음속으로만 크게 외치고 쥐어패고 싶은 생각도 상상으로 남겨둔다. 아직 지난달의 나와 지지난달의 내가 쓴 카드 빚이 남아 있으니까.

회사 메신저를 출근길에 확인해 버렸다. 도착하기도 전에 알아버린 오늘의 분위기도 흐림. 우중충하다 못해 뇌우를 동반한 소나기가 한바탕 쏟아질 예정이란다. 오기로 한 비는 어쩔 수 없다만 부디 장마나 태풍으로는 이어지진 않길.

퇴근, 오늘이 세 시간 남았습니다

시곗바늘이 7을 가리키자 작업하던 손이 빨라진다. 가슴에 희망이 날아와 꽂힌다. 하지만 (쓸데없는) 희망은 버려라. 손은 기대보다 느리니까. 퇴근하고픈 마음은 내 몸이 감당할 수 있는 움직임 이상을 요구했고, 조바심만큼 늘어난 실수는 결국 1번 시트부터 다시 확인하게 했다. 오늘은 한 시간만 야근하나 싶어 설렜는데.

눈치 보지 말고 퇴근하라는 팀장님의 말씀은 감사하지만 오늘 일을 덜 하면 내일 더 힘들어지기에 그럴 수가 없다. 마무리하고 들어가 보라는 사수를 두고 먼저 나오기도 좀 그렇다. 초과근무 수당도 주지 않는다면 퇴근 시간을 지키는 게 경제적으론 이득이겠지만 사회 관계적 차원에선 함께 남는 것이 합리적일 수도 있다. 그래서 인생은 멀리서 보면 희극이지만 가까이서 보면 비극이라고 하나 보다. 깊어지는 밤, 의리와 공동체 정신으로 옹기종기 야근하는 아름다운 회사원들의 모습이 그렇게 연출되니까.

비슷한 상황이 두 번 정도 있었던 것 같다. 퇴근 노래가 울려 퍼지는 6시, 어수선한 그 타이밍에 야근러들은 심란해지고 슬픈 눈동자는 먼저 가는 이들의 뒷모습을 따라다닌다.

직장인의 희망 출퇴근 시간인 나인 투 식스에다 주 52시간 근무제가 반영된 하루 총 근무시간은 10시간 24분이다. 하루 평균 퇴근 시간은 오후 8시 24분. 통근에 소요되는 시간을 30분에서 한 시간 정도로 잡으면 잘 쳐줘도 9시경에야 집에 도착하는 셈이다. 달도 뜨고 별도 뜬 저녁 9시. 오늘이 세 시간 남았습니다.

씻고 옷 갈아입는 데 30분, 밥 먹는 데 한 시간, 웹툰이나 동영상을 보면서 어수선하게 또 몇 분 보내고 있자면 어느덧 시곗바늘이 오후 11시 언저리를 가리킨다. 날이 고돼서, 날이 피곤해서, 집에서라도 멍하게 있어보던 와중 정신이 퍼뜩 든다. 한 것도 없는데 남은 하루가 30분뿐이다.

오늘도 너무 늦게 끝났다. 비로소 맞이한 하루 끝에서 끝날 때까지 끝난 게 아니라고 소리치는 직장인들. 사업부 실적 역신장을 막기 위해 고심하면서 정작 내 인생 역신장은 챙기지 못했음을 반성하며, 늦게나마 집에서는 나를 위한 시간을 보내자고 결심한다.

그렇게 탄 지하철이 집 근처 역에 도착했고 내리는 건 영락없이 소금기에 절은 파김치다. 느긋느긋 계단을 올라 길을 걷고 대문을 열고 들어간다. 오늘 퇴근하면 미뤄두었던 독서를 하고 만다고 기세 좋게 마음먹을 땐 언제고 신발을 벗어 던지는 순간 이내 다 귀찮아진다.

퇴근 후 독서 모임에도 참석하고 싶고 학원도 다니고 싶지만 야근을 해야 한다. 정말 늦게 예약해 둔 미용실마저 갈 수 없게 됐을 땐 이렇게 사는 게 맞는 건가 싶었다. 처음에는 가장자리서 쭈뼛대던 야근이란 놈이 이제는 대놓고 하루를 집어삼키려 한다.

빼앗긴 저녁 시간에도 봄은 올까? 오늘도 퇴근 종이 울렸지만 아무도 일어나지 않았다. 건너편 누나는 오전 7시 같은 오후 7시를 보냈을 거고 옆 팀 형은 아침 8시 같은 저녁 8시를 맞이하려나 보다. 퇴근하고도 감히 뭔가를 할 수 없는 그녀의 일상과 감히 퇴근할 수 없는 그의 하루.

다른 길로
갔었더라면

비전문직은 웁니다

"그래서 퇴사하면 뭐 할 건데?"

"로스쿨 가려고. 한국이랑 미국 변호사 자격 둘 다 딸수 있는 코스가 있더라."

"잘 생각했다. 백날 사원질 해봐야 얻다 쓰냐."

"이럴 거면 진작 갈걸 싶기도 하고. 아무튼 몇 년은 죽었다 생각하고 공부해야지."

또 한 명이 떠났다. '김 사원'에서 '킴 변'이 되기 위한 먼 길을 떠났다. 연수원에서 회삿밥 첫술을 함께 뜨던 입사 동기들이 하나둘 사라지고 있다. 1년 차엔 기대와 다른 회사 생활에 지쳐버렸다는 점이 퇴사의 주된 이유였다면 이후부턴 좀 더 감정을 빼고 고민한 뒤 새로운 길을 도모하게 된다.

　대학생들이 사회생활을 시작하는 가장 빠른 루트는 졸업 직후 취업이다. 신입사원 공채를 통해 기업에 입사하는 것이다. 고시나 자격증 시험을 위해 공부를 좀 더 하기로 결심하는 이들도 있지만 다수의 학생은 전자를 선택한다. 전문직 좋은 건 알겠지만 젊은 날을 도서관에서 더 보낸다면 너무 슬프기 때문이겠지.

　이십 대 중반 즈음 목에 걸게 된 대기업 사원증은 착용자의 자신감을 키워주고 자존감도 높여준다. 취업 대란 시대에서 제 나이대에 직장을 구하기 쉽지 않으니까. 많진 않지만 꽤 괜찮은 삶을 영위할 수 있는 월급이 매달 나오고 소개팅도 잘 들어온다. 부모님께 용돈도 드리며 나름 효도도 해보고 휴가 땐 바다 건너 저 어딘가에서 여유도 부려본다. 매일 해야 할 일이 쌓여 있고 평가도 받는다지만 확실히 학생 때보단 부담 적은 일상이다.

　그러던 어느 날 친구에게 연락이 왔다. 몇 년간 준비한 시험에 드디어 합격했단다. 축하 인사를 건네는 내 목소리엔 정말로 진심이 담겨 있었다. 조만간 만나서 회포를 풀기로 하고 전화를 끊었다. 목요일 오후 2시, 그에게는 낮술로 축배를 들어도 될 시간이었겠지만 내게는 평일 업무시간이었으니까. 통화를 마친 뒤 눈앞에서 깜박이는 마우스 커서를 20초는 멍하니 쳐다봤을 거다.

'자식, 부럽다……'

김 변호사님과의 재회는 대학생 시절을 상기시키는 카레 가게에서 이루어졌다. 지금은 내가 그를 부러워하지만 그땐 그쪽에서 날 부러워했단다. 매일 아침 도서관으로 향할 때 또래 회사원들의 말끔한 모양새가 눈에 들어오면 추리닝에 슬리퍼 차림을 한 자기 모습에 괜히 슬퍼져 담배를 한 대 더 물고 나서야 들어갈 수 있었다고 했다. 다행히 결과가 좋았기에 이런 속마음까지 말한다는 친구의 얼굴은 밝으면서도 굳세 보였다.

땀 흘린 자가 마땅히 누릴 자격일 거다. 친구는 주말이면 업로드되는 회사원 친구들의 SNS 피드를 보면서 마음을 다잡느라 고생했을 거고 왜 나만 아직도 도서관 지박령 신세인지 자책하던 시기도 견뎌냈을 거다. 어두운 고치 속 우화를 기다리는 나비처럼 도서관 가장 깊숙한 곳에서 '사(士)'자 타이틀을 위해 버텨왔을 테니깐.

학생 때도 그랬겠지만 비전문직 직장인들에겐 더욱 선망의 대상이 되는 그 이름 전문직. 연차가 찰수록 전문직이 부러워진다. 그래도 빨리 사회생활을 시작한 덕에 경력도 어느 정도 쌓였고 돈도 좀 모았다. 부모님께 더 이상

뒷바라지 부담을 드리지 않아도 됐다. 월급 내에서 알뜰 살뜰 살아가는 생활력도 길렀다. 그렇게 각자의 위치에서 열심히 살아가는 비전문직들도 사실 멋지다. 가끔 한숨 쉬고 또 울 때도 있지만.

실속 있는 친구들

대학교 선배에게서 연락이 왔다. 모처럼 모이잔다. 결혼 후엔 얼굴을 보기 힘들던 형이었다. 그런 양반이 먼저 얼굴 보자 연락을 주다니, 별일이라 생각하면서 '참석' 투표를 눌렀다.

금요일 저녁 도착한 약속 장소엔 반가운 얼굴이 보였다. 결혼식이 마지막 만남이었으니 아마도 넉 달 만이었을 거다. 격주마다 삼겹살을 굽고, 해장용 짬뽕 앞에서 떠들던 예전처럼 왁자지껄했다. 일 얘기와 사는 이야기를 나누며 술을 몇 병 비웠을까? 안주 하나 추가한다며 들어 올린 형의 손을 옆자리 친구가 가리켰다.

"이야~ 로렉스! 형 성공했네. 손에 소나타 한 대 차고 다니는구먼!"

그러고 보니 시계 찬 손목 말고도 뭔가 달랐다. 포마드로 빗어넘긴 머리에 눈부시게 흰 셔츠, 칼같이 다려진 정

114

장 차림. 우리랑 놀 땐 삼선 슬리퍼에 기능성 티셔츠를 걸치던 형의 출근 룩은 무려 킹스맨이었구나. 삼디다스 쓰레빠와 롤렉스 시계, 둘 중 어느 쪽이 자연스러운 일상 모습이었을진 잘 모르겠지만 아무튼 그날 그는 성공한 남자의 아이템을 당당히 소지하고 있었다.

두 살밖에 많지 않지만 경제 감각에 관해 나보다 5년은 앞서 나간 킹스맨 형은 서른에 자가를 마련했다. 그 집에 처음 놀러 가던 길에 형은 벌써 어른이 됐구나 싶었다. 집에서 어느 정도 지원도 받고 은행 대출도 끼긴 했지만 집값이 미쳐 날뛰는 근래에 그 정도는 당연한 걸 거고.

대학교 졸업 후 각자의 일상은 달라졌지만 각각의 삶을 평가하는 필수 잣대엔 공통 항목이 생겼으니 바로 경제력. 좀 더 무거운 느낌으로는 재력. 쉬운 말로는 돈. 영어로는 Money.

작년에 산 아파트가 몇 억이 올랐니, 보유 주식 상승률이 몇 프로니, 연봉은 얼마에 또 성과급은 어느 정도나 나왔다는 이야기가 모임 자리서 뻔하게 등장하는 나이가 됐다. 재테크에 큰 관심은 없더라도 영 외면해선 안 되는 상황에 놓였다. 직장인 그리고 30대. 좋든 싫든 자산 수준으로 계층이 나뉘고 월급이 인격으로 지칭되는 이 황금 세계의 일원이 됐으니까.

우연히 언급하게 된 형의 자가 마련기를 전해 들으신 어머니께선 그 친구 참 실속 있다며 칭찬하셨다. 보고 느끼는 바는 없었는지 슬쩍 물어오시던 다음 문장을 못 들은 척, 나는 방으로 들어갔다.

실속 챙기기. 꿈만 꾸진 않지만 좀 많이 꾸긴 하는 아들에 대한 부모님의 희망 사항이셨다. 그래서 흔히 말하는 사회적 지위와 직업적 성공, 경제적인 안정을 목표로 하는 현실과 친구들과의 교류를 통해 생각을 바꿔 나가길 바라셨던 것 같다.

달리기가 빠르거나 노래 잘 부르는 학우를 부러워하던 꼬마들이 자라나 돈 잘 버는 친구를 가장 부러워하게 됐다. 실로 만든 소원 팔찌가 귀여워 보이는 시절도 어린 한때라며, 소개팅 상대를 보자마자 걸친 게 얼마인지 계산됐다는 일화부터 출근길 동료 얼굴보다 그가 찬 시계 로고로 눈이 먼저 갔다는 말을 부끄럼 없이 나누는 어른이 됐다.

하고 싶은 일을 하면서 돈까지 잘 버는 사람은 정말 멋있단다. 하기 싫은 일을 하지만 소득은 높은 친구를 보면서는 그래도 돈은 많이 벌지 않냐며 부러워한다. 벌이는 적어도 원하는 일을 하는 삶은 가장 로맨틱하단다. 하지만 정작 본인 삶으로 받아들이기엔 자신이 없다는데, 꿈을 꾸는 사람은 덜 늙긴 한다마는 더 굶을 수는 있으니까.

실속 있게 살고 싶어 하지만 희한하게 못 챙기는 친구들이 있다. 속물 같다며 아예 등 돌리다 혼쭐이 나고서야 슬금슬금 끼어보려는 녀석들이 보인다. 그리고 동년배들이 부동산 투자다, 경매 공부다, 치고 나서는 사이 아직도 낭만 그 언저리를 기웃거리는 우리 아이를 보며 한숨 폭폭 쉬시는 부모님들도 여럿 계신다. 애가 그렇게 실속이 없어서 이 험한 세상 어찌 살아나가려나 걱정하시면서.

의사라도 될걸 그랬어

유명 연예인의 방송 어록 중에 이런 게 있었다.

"공부 열심히 안 하면 더울 때 더운 데서 일하고 추울 때 추운 데서 일한다."

학교 선생님들(초중고 모두)이나 아주머니들(반장 엄마랑 부반장 엄마)에게도 들어본 적 있는 말이었다. 모두가 웃으며 이야기했었지만 꽁치만큼 잔뼈가 많은 말이었다. 그런 이야기를 들으며 자랐다고 해서 그리 열심히 공부하지는 않았다. 아예 하지 않은 건 아니었지만 덜 열심히 했다. 덕분에 더운 계절엔 시원한 곳에서 하기 싫은 일을, 추울 때는 따뜻한 공간에서 또 하기 싫은 일을 하고 있다.

가끔 들여다보는 핸드폰에서 의사들의 평균 연봉이 1억 5,600만 원이라는, 보건복지부 기획 기사를 읽으면서.

대학 시절 의학 전문 대학원 진학을 고민하고 있다는 친구를 적극적으로 말린 적이 있었다. 너 같은 자유분방한 수학 천재가 왜 굳이 노잼 인생 트랙 안으로 들어가야 하냐며, 좀 더 다이나믹한 삶을 추구하자며 수차례 설득했던 기억이 난다. 그 트랙이야말로 매끈하게 뚫린 8차선 도로였고 갈수록 흐드러지는 꽃길 뷰이기까지 했음을, 사업병에 걸린 대학교 3학년 땐 미처 알지 못했다.

입학과 동시에 전문성 넘치는 하얀 가운 코스튬을 수여받고 수입과 선호도 또한 높은 직업을 확보하게 되는 의대생들. 같은 과 친구들은 창창한 미래가 보장된 의대생의 삶을 몹시 부러워했다. 희한하게 나는 그렇게 부럽지 않았는데, 탄탄대로로든 축제의 길이든 딱 정해지는 인생은 별로 재미없을 것 같다는 개똥 같은 이유를 댔었다 (문제는 아무도 호응하지 않았다). 그때 나는 허세가 아니라 정말로 어떤 기대 같은 게 있었다. 의대생들은 의사가 되겠지만 우린 아직 뭐가 될지 모르니 그만큼 가능성이 더 무한할 것이라는 기대.

그로부터 8년이 지난 지금 그 가능성은 회사원의 형태

로 무한히 수렴했다. 내 미래의 모습은 바로 옆에서 꾸벅꾸벅 졸고 있다. 그다음 단계의 미래는 담배 피우러 간 지 40분이 지나도 돌아오지 않는다. 비즈니스맨이 되면 뻔한 진로를 따라가지 않고 역동적인 삶을 만들어 갈 수 있을 줄 알았는데 정해진 위치에서 매달 매주 반복되는 루틴 업무를 챙기는 나야말로 제일 뻔한 톱니였다.

회사에서의 10년 후, 20년 후, 은퇴 후의 내 모습이 뚜렷이 보이지 않는다. 회사 라이프는 기대했던 대로 흘러가지 않고 목표했던 대로는 더 되지 않는다. 한 분야의 전문가가 되기는커녕 제너럴리스트를 양성한다며 여기저기 흘러 다니는 인생 끝은 치킨집뿐인 걸까?

직장인 3대 허언 중 맨 위에 있는 말, 나 퇴사할 거야. 하지만 정작 이러지도 저러지도 못하는 모습이 현실이다. 장기화한 역병 때문에 구인도 줄어든 데다가 나이와 연차 말고는 되레 퇴보해 버린 스펙으로 취업시장에 뛰어들기란 무리지 싶다. 적지만 따박따박 나오는 월급과 평일만 버텨내면 찾아오는 주말의 행복을 포기하기가 망설여진다. 보통의 취업 준비생의 최종 형태는 보통의 회사원이었고 그저 그런 열정의 종착지는 그저 그런 연봉이었다. 불투명하고 시원찮은 앞날을 생각할수록 한숨이 나오지만 마음먹고 떠나지도 못하고 그렇다고 제대로 정착하지도 못하는 하루들이 계속된다.

수학 영재 친구는 다행히도 내 개똥철학을 뒤로 하고 현명한 판단을 내렸다. '너무 힘들다'를 입에 달고 사는 레지던트가 됐다. 대학병원 의사 준비생의 일상은 부족한 수면량과 그에 반하는 가혹한 업무량으로 딱 잘라 말할 수 있단다. 그들의 삶의 무게도 묵직하겠지만 그래도 그만큼 두툼한 지갑에다 은퇴 준비에 대한 고민의 질만은 회사 부장이 된 미래의 나보다도 낫겠다는 생각에 참았던 부러움이 해일처럼 몰려왔다. 수포자의 머리론 코피 쏟으며 공부해도 힘들었겠지만 말이라도 한번 해보려고. 아! 의사라도 될걸 그랬어.

끝나지 않는
미래를 위하여

두 번째 신입사원

'올해는 정말 빠르게 지나간 한 해였습니다. 가을에 접어들어서야 비로소 지난 1년을 복기하는 시간을 가질 수 있었습니다.'

2019년 연말 본인 평가의 마무리 페이지를 채워 나가기 시작했다. 시작을 연 문장처럼 정말로 여의도 가로수가 울긋불긋해질 때가 돼서야 숨을 고를 수 있었다. 고충사항란을 다 채우고 제출 버튼을 누르며 한 해가 지나긴 했구나 싶었다.

두 손 가득 짐 싸 들고 내려간 대구에서의 신입사원 시절을 지나 본사에서 두 번째 신입사원 생활을 시작했다. 2년 6개월의 지방 근무도 쉽진 않았지만 다시 겪게 된 신입사원으로서의 1년의 시간은 특히나 더디게 흘러갔다.

낯선 사람들과의 관계 형성, 사뭇 다른 공기에서 숨쉬기, 신입 아닌 신입으로서의 애매한 위치는 익숙함에서 탈피하기 위해 택한 새로움의 대가였다. 후배가 둘이나 있던 화려했던(?) 과거를 흘려보내고 다시 막내 명찰을 달았다.

다시 본사 발령을 받은 김에 오랜만에 정장을 입어보았다. 신입사원 때의 긴장감과 어색함이 다시 돌아났다. 패기와 포부, 귀여워 보일 수도 있는 어리바리함은 두 번째 신입사원에게선 여러모로 애매하게 느껴진다. 새 마음 새 뜻으로 뭔가 해보겠다는 설렘 뒤엔 염려와 걱정도 슬그머니 자리했으니, 새로움을 향한 닻을 올리게 되며 여러 파도를 맞닥뜨려야만 했다.

– '넵' 몬스터가 됐다.

본사로 올라오고 나서 1년간 가장 많이 한 말이 '넵!', '네, 알겠습니다!'였을 거다. 모르니까 일단 묻고 듣고 적고 배워야 한다. 의문을 가지거나 내 생각을 제안하는 건 그 이후다. 팀원들의 개인 일정을 취합해 스케줄 표에 반영해 다시 공유한다. 휴가 계획이 바뀌었다고 또 수정해 달란다. 앗, 넵!

– 'Under the Sea'로부터 다시 올라와야만 했다.

모래를 박차고 위로 위로 헤엄쳐 올라오다 다시 발바닥이 닿았다. 막내라는 추를 허리에 묶은 채로 차근차근 새로이 나아가야 했다. 좀 올라왔다 싶으면 정어리 떼가 앞을 가로막고 열심히 헤엄치다가도 심해어가 바짓단을 잡으니 멈칫하면 다시 바닥행이다.

– 그럼에도 불구하고 선택은 '새로움'이렷다.

힘든 조직이라는 주변 의견에도 이동을 결심한 이유는 새로움에 대한 갈증 때문이기도 했다. 태양을 중심으로 지구가 돌고 다시 그 주변을 달이 돌듯 팀을 축으로 형성된 새로운 부서들과의 관계도 신선했다. 텃세니 군기 잡기니 가끔 확 튀는 새로움에 두 눈이 번쩍 뜨일 때도 있지만.

연차로는 막내가 아니지만 막내 사원의 자세가 필요한 상황에 놓이는 건 조직 이동자들의 숙명이다. 두 번째 신입 생활인 만큼 적응하는 시간도 두 배는 빨라야 하지 않겠느냐는, 기대 아닌 기대를 등에 업은 채.

그렇게 옮긴 책상에 쌓인 먼지를 닦아내며 조금씩 정을 붙이던 한 해가 금세 지나갔다. 다시 밟은 바닥에서 준비운동부터 씩씩하게 하던 연말이 다시 돌아왔다. 한 번 해봤으니까 이번엔 더 빠르게 또 제대로 헤엄쳐 오를 수 있을 거라고 생각했는데, 어땠나 몰라?

대기업 들어가면 끝나는 줄 알았는데

부쩍 가까워진 면접 준비를 위해 스터디를 하던 4년 전이었다. 각자 모아온 자료를 토대로 열띤 토의를 하고 입수한 정보를 토대로 콩트 같은 모의 면접도 하길 며칠째, 오늘도 고생했다며 조원들과 인사하고 나와 지하철 역으로 향했다. 스터디 카페에 들어섰을 땐 낮이었던 것 같은데 어느새 저녁 7시.

걷다 도착한 강남역 11번 출구에서 살짝 눈이 시렸다. 강남대로와 서초대로의 교차점인 강남역 부근은 대한민국을 대표하는 회사촌이자 번화가다. 그날따라 밤은 유난히 깜깜했고 우뚝 솟은 건물들에서 나오는 빛은 유난히 밝았다. 모닥불 앞 멍 때리듯 서 있는 내 주위로 퇴근하는 직장인들이 스쳐 지나갔다. 자신감 있어 보이는 저 시크한 표정은 보통의 대학생들의 지향점일까?

잠깐 내려온 눈이 다시 위를 향했다. 사무실 칸칸이서 흘러나오는 빛에 눈이 부신 건지 아픈 건지 몰라도 자꾸만 올려다보게 되는 저곳. 저 많은 자리 중에서 내 자리는 있으려나?

4년 후 어느 퇴근 날 샛강다리 위였다. 오늘도 고생했다고 스스로를 위로하며 여의도를 벗어나던 참에 문득 올려다본 건너편 아파트 불빛이 너무 밝았다. 집들에서 흘러나온 빛으로 형성된 빛무리가 시야를 한참 넘어섰다. 수많은 거실 불이 별 대신 밤하늘을 밝힌다. 집과 별. 많고 또 멀다는 점에서 비슷한 것 같기도 하다. 이 많은 집 중에서 내 집도 있으려나?

취직하면 끝나는 줄 알았는데, 소위 말하는 대기업 관문을 통과하면 다 끝나는 줄 알았는데 사원증을 걸고 새로운 고민과 맞닥뜨렸다. 예전엔 취업 한 놈만 패면 됐었는데 이젠 동시에 몇이나 상대해야 하는지 모르겠다. 대기업 들어가면 끝나는 줄 알았는데 오히려 늘어난 걱정거리가 밀폐유마냥 켜켜이 쌓였다.

늦지 않은 나이에 대기업에 취업하자 효자 소리를 들었다. 그런데 그게 끝이 아니었다. 하나를 하니 다음 순서가 줄줄 나타났다. 열심히 모아 내 집 마련하는 모습을 보여 드리는 효도에, 결혼, 손주를 안겨드리는 효도까지. 고향에 내려갈 때면 농담처럼 듣게 되는 '다음 효도 리스트'를 그동안 가볍게 받아내곤 했는데 서른 줄에 접어들자 그게 꽤나 묵직하게 느껴진다.

꿈과 환상을 가지고 취준생 생활을 보냈고 취업이 확정되고서는 기대와 희망을 품었다. 다가올 회사 생활을 열정으로 그렸던 연수원에서의 나날을 마무리하고 드디어 도착한 현업에서, 나는 이상도 아닌 예상과 현실 사이 괴리에 혼란스러워하던 전형적인 신입사원이었다.

많은 것을 담보로 그럭저럭 고개 끄덕여지는 경력과 그냥저냥 먹고 사는 생활을 얻었다. 위험 감수를 두려워 않던 눈동자는 안정을 더 빨리 쫓기 시작했고 쥐뿔 없는 인생에도 지킬 것이 늘어났다. 모르는 새 이만치 먹어버린 나이는 다시 용기를 깎아 먹나 보다.

4년 전 나의 꿈은 출근이었는데, 지금 나의 꿈은 퇴근이 됐다. 월급이라는 한 덩이 주먹밥을 받기 위해 새벽부터 알람은 그렇게 울었나 보다. 이걸 먹어야 하나 싶다가도 손에 쥔 게 그뿐이니 먹는다. 사원증을 매고 있는 한 계속 그럴 거다. 이 정도의 하루에 안도하는 마음과 이 정도의 일상에 안주하기 싫은 마음 사이의 싸움이 영원히 이어지겠지.

취업하면 행복해질 줄 알았다. 회사만 들어가면 끝날

거라고 생각했었다. 하지만 4년 전 강남역 앞에서 본 퇴근길 직장인들의 시크한 표정은 사실 지쳐서 생기를 잃어버린 것이었음을 알게 되기까지 그리 오랜 시간이 걸리지 않았다.

야근하고 나온 퇴근길, 본관 앞 청동상과 눈이 마주쳤다. 어딘가 걸터앉아 차분히 생각하는 직장인의 모습을 따라 만든 듯한 작품명은 〈상념〉. 그날따라 급히 움직였기 때문이었는지 내리는 비 때문이었는지는 몰라도 쪼그려 앉아 우는 듯 처량해 보이는 모습에 자꾸만 뒤돌아보게 됐다.

억지로 영어 공부 중인데요

토요일 아침 9시, 가평 리조트로 향하는 자동차 안에서 나는 화상 영어 수업에 한창이었다. 왁자지껄 떠드는 친구들 사이에서 나는 브리티시 악센트의 런더너와 에어비앤비 인원 감축 이슈에 관해 토론하는 중이었다. 놀러 가는 와중에 그걸 꼭 해야 하냐고 친구들로부터 참 어지간한 놈이라는 소리를 들어가며 꿋꿋하게 수업에 참여했다. 웨이크 보드 타러 가기로 한 친구들과의 약속도 중요했으나 주말 아침에 화상 영어 수업을 예약해 둔 지난주 나와의 약속은 더 중요했다. 흔들리는 차 안에서 40분 동안 핸드폰을 들고 있는 내 마음 또한 몇 번이고 흔들렸지만.

짓궂은 친구들은 이따금 핸드폰 카메라 앵글 안으로 얼굴을 들이밀었다. 대학생인 현지 튜터는 재밌다며 깔깔 웃고 말았지만 집중이 힘들어 둘 다 얼른 끝나길 바랐던 수업이었을 거다. 오전 9시 40분, 그렇게 그날의 수업도 무사히(?) 끝이 났다.

유학까지 다녀와 놓고 무슨 영어 공부냐고 물으면 감을 잃지 않기 위해서라고 대답하고, 해외 사업을 담당하는 수준에서 뭘 더 하냐고 물어오면 원어민 파트너와 협상할 때 밀리지 않기 위해서라고 대답한다.

대답은 멋지게 했지만 제대로 준비해서 수업에 참석한 적이 마지막으로 언제였나 모르겠다. 시작할 때만 해도 열심히 공부하겠다는 마음으로 가득했지만 정말 마음뿐이었나 보다. 숙제 제출은커녕 본문이라도 읽어간다면 다행이었으니까. 학원을 오가는 시간과 노력이 아까워 선택한 화상 영어 수업이었지만 그마저도 챙기기 쉽지 않았다. 회사에 다니게 되면서부터 본업이 더 이상 공부가 아니게 되자, 일하고 남는 시간에 짬짬이 공부하는 건 생각보다 보통 일이 아니었다. 꼬리가 퇴화하고 남은 흔적인 꼬리뼈처럼 어렴풋이 학교 다닐 적 영어 수업에 대한 기억이 남아 있을 뿐이다. 꽤 오래 서로의 생사도 확인 않다가 할리우드 영화를 볼 때나 만나는 그 언어와 서먹해진 요즘이다. 한때는 단짝이었는데.

강의실에서 사무실로 출근 장소를 옮기게 되며 아무도 학습을 강요하지 않는 신분이 됐다. 근무만 별 탈 없이 해준다면 굳이 공부란 걸 할 필요가 없긴 하다. 어떤 삶을 살게 될지 알 수 없던 학생 시절과는 달리 직장인의 내일은 꽤 예측이 되는 편이다. 연봉이 얼마니, 보너스를 얼마나 주니 해도, 일반 회사원으로서 도달할 수 있는 사회경제적 위치의 차이는 결국 도토리 키 재기 수준일 터, 일하기도 바쁜 와중에 애쓰고 고생하며 공부할 이유가 없긴 하다. 매일의 노동도 피곤한데 뭔 놈의 공부냐.

누군가 회사 다니면서 짧게나마 수업 들으려는 의지가 대단하다고 칭찬하면 그저 억지로 하고 있을 뿐이라 대답한다. 대단한 자격증이나 고시 공부도 아니라 남사스럽기도 하거니와 매진하는 마음보다는 안 하는 것보단 나을 거란 심리로 하고 있으니까.

참 부지런하게 또 유난스럽게도 챙겨온 그놈의 화상영어. 가평 빠지에 가는 차 안에서 핸드폰을 부여잡은 적도, 노느라 밤을 꼴딱 새운 채로 아침 수업에 참여한 적도 있었다. 이렇게 한다고 극적인 변화가 있을까 싶지만 그래도 텔레비전만 들여다보던 날보다는 보람차다.

열심히 하진 않지만 그래도 하고 있다. 하기 싫지만 해내고 있다. 작심삼일이라는데 억지로라도 수강한 수업이 30회를 진즉 넘겼으니 작심삼일보다 열 배는 잘하고 있는 거겠지. 그렇겠지?

오늘 할 일, 내일 할 일

기억이 허락하는 범위 내에서 가장 피하고 싶던 경험은 충치 치료였다. 난생처음 치과에 가던 날, 코끝을 찌르는 특유의 냄새에 온몸을 짓눌리는 기분을 느꼈고 뭔가 잘못돼 가고 있음을 본능적으로 알았다.

무서운 냄새에 후각을 지배당한 것도 모자라 더 무서운 소리까지 들려왔다. 뭔가를 깎고 자르는 듯한 효과음이었다. 위잉~ 윙~ 쉬이이익. 할아버지 동네 철물점에서나 들어봤을 법한 날카로운 마찰음에 엄마 손을 더 꼭 붙잡았다. 내 마음도 모르는 얄미운 간호사 누나가 진료실로 데리고 가기 전까지였지만.

아~ 하고 크게 입을 벌려보라던 친절한 의사 선생님에

게서 왠지 모를 거부감이 들었다. 〈헨젤과 그레텔〉의 마녀도 첫 등장 땐 세상 다정한 할머니였으니까. 의자에 기대어 입을 벌린 상태로 슬쩍 둘러보니 갖가지 장비들이 번쩍이고 있었다. 둥근 모서리의 청진기나 체온계에 익숙하던 눈에 뾰족하고 차가워 보이는 쇠붙이들이 들어왔다. 전부 다 손에 거머쥐기 좋은 꼬챙이 형태였고 칼이며 창 비슷한 것에다 드릴까지 보였다.

세상에, 드릴이라니! 만화영화 속 악당들이나 쓰던 그 드릴! 굉음과 함께 뭐든 뚫어버리는 무시무시한 무기가 어느새 선생님 손에 쥐어져 있었다. 정신이 아득해진 순간 기다란 뱀 같은 것이 입안으로 쑥 들어왔다. 쉬익– 소리를 내며 공기 중으로 빨려 들어간 혀는 뱀 대가리에 철썩 붙어버렸고 이어지는 건 단말마의 비명이었다!

"아아악!"

흡입 호스에 혀가 철썩 붙은 채로 파닥거리는 내 모습에 치료는 중단될 수밖에 없었다. 멈춰진 드릴질과 혼비백산. 나의 첫 치과 방문기였다.

치아 치료에 대한 필요성을 이해하게 된 이후에도 여전히 어린 시절 느꼈던 치과에 대한 공포가 남아 있었다. 그래서 차가운 물을 벌컥벌컥 들이켜다 어금니가 시려도

애써 무시했고 욱신거려 와도 스읍—스읍— 바람 몇 번 마셔대며 몰려오는 통증을 덜어내고자 했다. 빨리 치료를 받아야만 한다는 사실을 알고 있지만 일단 내일로 미룬다. 다음날은 또 그다음 날로 미루고. 치통에 밤을 꼬박 새우고 나서야 비로소 근처 치과를 검색하게 된다. 더 미루다 가면 힘들어질 뿐임을 너무나 잘 알면서도 끝의 끝까지 가서야 결심하는 치과행은 언제나 반복되는 참담한 레퍼토리다.

껄끄러움을 피하려는 마음은 어쩔 수 없는 본능이지 싶다. 꼭 해야 하는 것이라도 일단 미루고 싶은 바람. 설령 눈 가리고 아웅 하는 조삼모사일지라도 지금 당장 덜 불행하고 싶으니까.

시간이 흘러 흘러 나에게 치과 비슷한 감정을 선사하는 것들이 새롭게 생겨났다. 보고라든지 회의 준비라든지 메일 회신 같은 것. 업무의 중요도나 시급성에 따라 몇 시간에서 며칠의 기간이 주어지게 되고 언제부터 챙겨야 할지 고민하게 된다. 일하며 받게 될 스트레스의 정도, 마무리했을 때의 후련함을 저울질해 가며 일정을 짠다.

다음날의 퇴근 시간이 대신 늦춰질 걸 너무나 잘 알면서도 당장의 고통을 피하기 위해 외면하게 되는 오늘의 업무들. 받자마자 착수하는 게 가장 안전하겠지만 여태

그렇게까지 할 필요는 없었던 것 같다. 그리고 인생은 모험이니까, 일단 지금은 재낀다. 칼퇴 ㄱㄱ~

오늘 할 일은 그렇게 내일 할 일이 된다. 거리낌이 들어 미뤘고 미루다 보니 또 미루게 됐다. 아마 다음에도 (기꺼이) 그럴 거고.

5년 차

좋은 사원을 넘어
행복한 사원으로

나를 위한
시간

사과 예쁘게 깎던 어느 살림남 이야기

월요일 오전 6시, 잠이 덜 깬 몸을 움직여 침대에서 일어났다. 가볍게 세수를 하고 부엌으로 향한다. 아침 메뉴는 프렌치토스트에 토마토 베이컨 볶음. 오렌지를 직접 갈아 생과일 주스를 만들고 싶었지만 시간이 부족해 마트에서 사 온 주스 뚜껑을 땄다. 후딱 아침상을 차리니 젖은 머리에 수건을 돌돌 감은 아내가 나왔다. 출근한 아내를 뒤로하고 창문을 열었다. 햇살이 비치는 바닥이 살짝 뽀얀 걸 보니 또 청소를 한바탕 해야겠다.

오후 2시, 살림 일상 속 '내 일'을 하는 시간. 지난 주말부터 음악 작업을 하기 시작했다. 곡 가사를 쓰고 지우길 반복하던 와중, 카페 주인 내외가 딸기가 다 떨어졌다며 냉동실을 여닫는 걸 보면서 집 냉장고가 생각난다. 불고기용 토시살 한 팩, 쌈 채소 한 봉지, 양파 한 망태. 다진 마늘은 유통기한이 얼마나 남았는지 확인 못 했다.

곡 쓰다 저녁 메뉴 고민하다 전기요금 내고 있는 모양이 참 산만하다는 생각도 들지만 주부 생활이 다 그렇지. 아이 둘이나 키우신 우리 엄마는 참 정신없으셨겠다.

어릴 적부터 사과 예쁘게 깎는다는 이야기를 많이 듣곤 했다. 외갓집에 가서 고사리손으로 사과를 잡고 쪼그려 앉은 내게 할머니 친구분들은 머리를 쓰다듬어 주시곤 하셨다.

"아유, 사내아이가 어쩜 과일을 이리 곱게 깎누."

아내를 처음 만났을 때도 그걸 어필(?)했었던 것 같다. 뭘 잘하냐고 묻길래 퍼뜩 생각이 나지 않아 얼떨결에 이렇게 대답했다.

"어…… 사과를 되게 예쁘게 깎는데요."

이후 손을 거쳐 간 사과만 삼백 개는 됐을 거다.

택한 건지 간택 받은 건지 모르겠지만 살림남으로 사는 형의 일상이다. 결혼 전에도 꽤 잘 나간 걸로 유명했기에 그가 전업주부가 된 건 참 의외였다. 괜찮은 직장과 벌이가 뒷받침하는, 누가 봐도 괜찮아 보이는 삶이 누구에게나 좋은 삶은 아니었단다. 인사팀 면담에서는 씨알도 안 먹혔던 '적성' 이야기는 아내에겐 비교적 잘 받아들여 졌다는 형. 가치와 역할 분담, 또 합의가 조화를 이루었 을 때 알맞은 자리가 만들어지나 보다.

놀기 위해 택한 길은 아니란다. 여전히 일하는 건 좋은 데, 하고 싶은 자리에서 하고 싶은 일만 해도 괜찮아졌다 는 것이다. 누군가 내 몫까지 경제 활동을 하고 있으면 보 다 효율적인 방식으로 지적 노동을 할 수 있어서 참 좋다 고 했다. 가사 노동을 해야 하긴 하지만 청소하고 밥하고 빨래하는 건 회사에서 보고 자료 만드는 것보단 훨씬 생 산적인 것 같다고도 했다(이 부분에서 술자리에 있던 모두가 고개를 끄덕인다).

입사 동기, 동네 형, 사회생활 하는 남자들은 한 번쯤 생각해 봤을 법한 '살림하는 남자'의 꿈. 시곗바늘이 두 자리를 가리킬 때까지 야근한 날이나 주말에도 업무 걱 정을 하고 있을 때, 소주잔 앞 대화 주제는 언제나 회사 탈출이었으니까. 로또든 주식이든 바라는 건 모두 비현 실적인 법이니 이쯤 되면 백마 탄 공주님을 기다리는 마 음이 생기는 것도 무리는 아닐 테다.

어디 가서 빠지지 않는 직장에 부족하지도 않게 자란 녀석들일수록 더 갖고 있는 듯한 살림남에 대한 환상은 일거리가 몰리는 월초와 월말에 유독 늘어난다. 회사에서 쭉쭉 올라가고픈 야망보단 내 삶 챙기며 여유 있게 살고픈 바람이랄까?

　주말 출근한 형수님이 좋아하는 특식으로 저녁 장을 볼 거라며 오늘도 먼저 들어간 형은 지금쯤 어슷썰기한 파와 양파를 넣은 닭갈비를 내오고 있겠지. 낮에 우리를 만난 형과 회사 당직한 형수님은 하루 종일 있었던 일을 도란도란 이야기하며 같은 시간대 평행하던 해프닝도 만나게 될 거다. 여느 가정과 같으면서도 사뭇 달라 보이는, 사과 잘 깎는 남자와 경쟁 PT 잘하는 여자가 살아가는 이야기.

왜 돈도 안 되는 글을 쓰냐고 물으신다면

　"주말에 뭐 할 거냐?"
　"글 쓸걸."
　"꼴랑 이틀 쉬는 주말을 돈 안 되는 거 하느라 다 보내냐?"
　"닥쳐, 인마."
　글을 쓴다고 돈이 나오냐 밥이 나오냐는 말에 대고 호기롭게 쏘아붙이긴 했지만 사실 돈 안 되는 거 맞다. 가까운 친구부터 애매하게 친한 분들까지 뭐가 그리 궁금한 진 몰라도 이쯤 되면 대답해 드려야 하지 않을까 싶다. 왜 돈도 안 되는 글을 주구장창 쓰냐는 그 물음에 대해서.

보통 처음엔 신기해 한다. 영상이 지배하는 시대에 몇 안 남은 아날로그 감성이기 때문이기도 하거니와 주위에 글 쓰는 사람 자체가 잘 없으니까.

그림일기에서 출발해 논술에 레포트, 보고서까지 여태 쓴 글자 수만으로도 팔만대장경을 채울 법한데도 여전히 글쓰기는 어렵다. 술 마시고 SNS에 쓰는 짧은 글마저도 의지 반 술기운 반으로 한참을 붙잡곤 하니 말 다 했지. 과제다, 업무다, 시키니까 그간 해왔지만 굳이 또 하고 싶지는 않다는 말에 고개가 끄덕여진다.

가끔 글을 써보고 싶다는 사람들에겐 한번 도전해 보라 거들어주기도 한다. 그렇지만 잠시 후 그들은 곧 고개를 젓는다. 쓰고파 하는 그 마음까지만 가겠단다.

나는 늦게까지 야근을 한다거나 녹초가 될 만큼 피곤하지 않다면 랩톱 앞에 앉는 편이다. 글 한 편을 완성하려는 거창한 목적보단 다만 한 줄이라도 적고픈 마음에서다. 들이는 시간과 노력에 비해 금전적 이득은 없다는 점이 공공연한 함정이지만.

늦은 밤 깜박이는 커서 앞에서 무슨 부귀영화를 얻자

고 이러나 싶던 평일을 넘어 해가 저물 경에야 몇 줄 간신히 적어내는 주말까지 닿길 여러 해, (사서 고생하며) 써온 글이 벌써 백 편을 훌쩍 넘었다. (엎드려 절 받기 식의) 뿌듯함과는 별개로 여전히 돈은 안 된다. 소일거리 찾는 주부들의 전유물로 여겨진 부업이 직장인들 사이에서도 꽤 화제다. 여가 시간을 금으로 만드는 현대판 연금술사들 사이에서 돈 안 되는 글자를 써 내려가고 있자면 고독한 예술인이 된 것 같아 참 묘한 기분이 든다. 그들은 똥이나 만든다고 할 수도 있겠지만.

과거 양반들의 사군자 그리기나 시조 읊기를 연상시키는 글쓰기는 할 때마다 참 고상한 여흥거리다 싶다. 경제 활동에서 자유로웠던 그들의 사정과는 차이가 있지만 어쩌다 보니 나 역시 그 신선놀음에 끼게 됐다.

직선 같은 회사 생활에 곡선 하나 긋고자 시작한 글쓰기였다. 출근, 퇴근, 야근, 회식 후에 다시 출근으로 이어지는 무미건조한 일상이 이젠 소재가 됐다. 근무만 하면 글감이 생기는 셈이니 출근이 덜 꺼려지는 부수적인 효과도 있었다. 그 시간에 할 수 있었을 다른 돈 되는 일들을 고려한다면 분명 손해 보는 장사인 건 바보라도 알 테지만 바보처럼 계속 쓰고 싶어졌다. 다른 건 모르겠고 재밌었으니까. 왜 돈도 안 되는 걸 쓰냐고 물으면 그냥 취미

생활이라 대답하려 한다. 신선한 답변을 기대했다면 시시할 수도 있겠지마는 거창한 의미를 엮는 것 자체가 더 억지스러울 듯하다.

돈을 먹으면 먹었지 돈 낳는 암탉은 아니다 싶은 나의 글쓰기. 나가서 쓴다면 밥값에 커피값이 더 들고 안에서 써도 딱히 돈 들어올 건덕지는 없지만 그래도 패가망신 3대 취미라는 자동차, 카메라, 오디오 수집을 생각해 보면 귀여운 수준일 거다.

벌이까지 있다면 더 좋겠지만 돈 안 되는 취미들이 돈 안 된다는 이유로 외면받진 않았으면 좋겠다. 돈 벌려고 일하는 마당에 여가생활까지 그래야 한다면 인생 너무 슬프잖아. 그리고 원래 해야 하는 일보다 하고 싶은 일에 돈 써재끼는 게 제맛이기도 하고!

기꺼이 저녁밥을 짓는 마음

깨끗이 손 씻고 냉장고 문을 열었다. 두부 한 모, 팽이버섯 한 봉지, 청홍고추 각각 하나씩, 깐 마늘 일곱 알에, 대파 반 대, 찌개용 돼지 목살 200g, 그리고 묵은 김치.

꺼낸 고기에 칼집을 살살 내어 생강 가루로 잡내를 잡고 소금이랑 후추로 밑간을 한다. 전골용 냄비에 올리브

기름을 둘러 설렁설렁 볶는다. 메조 포르테의 속도로 지글대는 소리에 반해 내 손은 안단테로 느릿느릿 움직인다. 이젠 불을 살짝 줄이고 두부와 버섯을 숭덩숭덩, 파랑 고추를 어슷하게 송송 썬다. 중식 셰프처럼 마늘을 칼로 탕 내리쳐서 한방에 빻고 싶었는데 잘 안되는 건 분명 장비 차이 때문일 것이다.

김치를 참기름에 살짝 버무려서 냄비에 투하해 함께 볶다가 물 두 컵, 다진 마늘 한 술. 간장과 고춧가루도 한 숟갈씩 넣어준다. 이제부턴 내 실력으론 레시피를 정량화할 수 없는 국물 맛 내는 구간이다. 간을 본다며 떠먹길 수 번, 그리고 그만큼 다시 이것저것을 넣다 보면 그럭저럭 먹어줄 순 있는 맛이 나온다. 반듯하게 썰어둔 두부와 버섯을 넣고 마지막으로 고추를 가니쉬처럼 얹으면 자취생 김치찌개가 완성된다. 급히 하진 않았지만 할 때마다 속도가 붙는다. 이것도 일이라고 숙련도가 쌓이나 보다.

요리하는 새 집 안에 훈기가 돌기 시작했다. 조그만 부엌에 보글대는 소리와 밥 짓는 냄새가 모락모락 퍼질 땐 안도감마저 든다. 키보드 두들기는 소리가 배경 음악으로 깔리고 팀장님의 부름이 언제 떨어질지 모르던 바쁜 세상에서 집으로 돌아왔다. 조용한 가운데 들려오는 찌개 끓어가는 소리는 종일 쌓인 긴장감을 조금씩 덜어준다.

저녁 9시 30분. 갓 끓인 김치찌개 한 그릇에 김, 주꾸미 발처럼 칼집을 낸 비엔나소시지, 진미채, 콩자반이 놓인 소박한 밥상 앞에 앉았다. 따끈한 밥 한술과 국물 한입에 온몸이 데워진다. 오늘도 고생했어. 위로받는 듯한 소소하고 소중한 하루의 마무리다.

야근한 날의 퇴근길에선 유독 배가 고파온다. 몸과 마음이 지친 와중 울려대는 꼬르륵 소리에 배달 어플에 몇 번이나 손도 갔다. 그렇게 도착한 집에서 참 번거롭게도 재료를 손질하고 지지고 볶아내 기어이 한 상을 차려낸다.

밥을 차린다는 건 생각보다 어려운 일이다. 요리하는 과정뿐만 아니라 있는 재료를 활용해서 어떤 걸 해 먹을지 고민하고 드는 시간이나 노력을 생각해 본다면 분명 귀찮은 게 맞다. 더군다나 종일 노동하다 퇴근한 직장인들에겐 더욱.

누구를 위한 하루였는지 모를 퇴근 후, 저녁밥을 차리는 하루 끝에서야 비로소 나만을 위한 일과를 시작한다. 저녁밥 짓기. 내가 먹을 한 끼만을 위해 오롯이 집중하는 시간. 그렇게 굳이 번거로워지는 길을 선택하게 됐다. 서

툴게나마 차리는 밥상은 나를 위해 기꺼이 귀찮아지겠다는 마음이니까.

레시피를 찾고 보글보글 끓는 찌개에 국자를 대보는 정성은 수고한 나를 위해 기꺼이 귀찮음을 감내하겠다는 애정의 한 갈래지 싶다. 손수 손질한 재료로 끓여낸 국물을 후루룩 마실 때면 가슴속까지 충만해지는 느낌이 든다. 이건 마치 영혼을 달래는 닭고기 수프?

'빠르게, 더 빠르게'가 미덕이 되는 하루를 보내다 비로소 여유로이 밥 짓는 시간을 맞았다. 고기에 칼집을 내 밑간까지 하고 소스를 만들고 느긋이 볶는 이 순간이 너무 좋다. 원한다면 한 시간을 이러고 있어도 뭐라 할 사람 없고 별문제도 일어나지 않을 거다(고기가 질겨진다는 아주 큰 문제가 발생할 수는 있겠지만).

오늘 퇴근하고 할 일은 저녁밥을 지어 먹기다. 배달 음식에 반가공 식품이 넘치는 좋은 시대에 눈물 흘리며 양파를 까고 파를 다듬으면서 유난스럽게도 직접 밥을 해 먹는 사람들이 있다.

별을 보며 퇴근한 밤, 기꺼이 저녁밥을 지었고 더없이 맛있게 먹었다.

조금
쉬엄쉬엄 할게요

40퍼센트

"선배님, 저 사실 요즘 너무 힘듭니다."

커피잔을 내려놓는 후배에게 무슨 말을 해줘야 할지 고민이 됐다. 따뜻하게 챙겨주거나 어쭙잖은 조언을 하는 건 내 스타일이 아니었으니깐.

월 마감을 무사히 끝낸 오후는 꽤나 여유로웠다. 팀장님 이하 고참 선배들이 모두 자리를 비운 새를 틈타 커피나 사 와야겠다 싶어 일어났다. 순간, 대각선 파티션 너머 머리 하나가 퐁 튀어 올랐다. 반년 전쯤 입사한 두 번째 후배.

"뭐 하나 사다 줄까요?"

내 물음에 저도 같이 나가고 싶단다.

나는 아이스 아메리카노를, 후배는 따뜻한 라테를 시켰다. 모처럼 나왔는데 잠시 앉아 있다 가자며 머그잔에 받았다. 두 손으로 잔을 꼭 감싸 쥔 후배와 마주 앉았다. 그냥 앉아 있기 뭐 해서 요즘 일은 할만하느냐고 식상하면서도 꼰대 같은 질문을 했다. 잠시 멈칫하더니 후배가 싱긋 웃었다. 저건 그냥 두면 위험해질 미소란 걸 본능적으로 느꼈다. 다 내려놓은 듯한 위험한 웃음이다. 적게나마 축적된 직장 짬밥 상자를 머릿속에서 끄집어냈다.

　'어떻게 해야 하지?'

　많이 힘들었냐며 후배가 먼저 꺼내기 어려웠을 첫마디를 건넸다. 후배 입에선 신입사원이 힘들어할 만한 에피소드들이 나왔다. 그 시절이 내게도 있었기에 공감은 되었지만 어떻게 해결해 줄 수 있을지는 몰랐다. 나도 고작 2년 선배일 뿐이었으니. 그래도 녀석 손에 뭐라도 쥐여 보내고 싶었다. 나한테까지 이야기할 정도라면 정말 지푸라기라도 부여잡고 싶은 심정이었을 테니까.

　스트레스에 비해 보람 적은 일상, 업무 나고 사람 난 듯한 특유의 분위기에 지친 후배를 보고 있자니 콜라 없이 입안 가득 퍽퍽살을 씹고 있는 것 같았다. 무슨 말을 해줘야 할지 고민하다가 나도 모르게 세 음절이 입에서 튀어나왔다.

"······퍼센트."

순간 떠오른 것은 나의 선배로부터 들은, 그리고 그 선배의 선배로부터 전해왔다는 이야기. 괜히 말했다가 행여 오해 살까 봐 공유하기에 사뭇 망설여지는 회사 뒷골목(?) 이야기였다. 하지만 궁금해하는 까만 눈동자와 그와 대조된 허옇고 지친 얼굴이 보이자 말해주지 않을 수가 없었다.

"40퍼센트."

"네?"

"별건 아니고, 당분간 회사 업무할 땐 역량의 40퍼센트까지만 발휘하기로 마음 먹어봐요."

"음, 일을 덜 하란 말씀이세요?"

"아니지, 월급 받는데 일은 해야지. 다만 지나치게 애쓰지는 말라는 말이에요. 가끔 보면 한숨 쉬는 빈도도 잦아졌고 소리도 커졌던 거 같은데."

"죄송합니다."

"아니에요. 뭐라 하려는 게 아니라 걱정돼서. 직장인 번아웃 사례 많잖아요. 처음 왔을 때보다 말수도 줄어들고 표정도 어두워졌길래요."

"······."

"취미나 좋아하는 거 있어요? 아까 말한 대로 당분간

하루 에너지의 4할만 회사 업무에 투자하고 남은 힘은 퇴근 후에 하고 싶은 일에 써봐요. 꼭 해보고 싶었는데 못해본 것들 있을 거 아니에요."

팀장님 몰래, 인사팀 몰래 암암리에 비사(秘事)처럼 구전되어 온 '40퍼센트론'. 그렇게 오늘 또 한 명의 전승자가 탄생했다. 어디서부터 시작되었는지 모를 전래동화 같은 이야기의 주제 의식은 아마도 우리 세대 최대 관심사인 워크-라이프 밸런스가 아닐까 싶다.

그렇게 지켜낸 60퍼센트의 에너지로 어느 정도 저녁이 있는 삶을 살아갈 수 있을 거란 작은 희망을 가져본다. 고작 한두 시간 남짓의 취미생활을 즐길 시간이 날 뿐이겠지만 우리도 활짝 웃을 줄 알았다는 사실을 확인하게 될 거니까.

다 괜찮다고, 곧 상황이 나아질 거라 말해주는 게 가장 뒤탈 없고 편한 조언이었을지도 몰랐다. 하지만 몇 없는 후배라 그런지 괜히 걱정됐다. 내 오지랖 덕분인지 후배 얼굴은 들어오기 전보다 밝아 보였다. 명색이 선배라는 사람이 말도 안 되는 농담을 했다고 생각해서인지, 정말로 그 은밀하고 위대한 이론을 따라보려는 마음이 생긴 건진 몰라도 후배는 웃었다. 바라건대 이번 웃음은 진심이기를!

사실 그때 나 야근 안 했었어

직장 생활에서 가장 안 좋은 점 중 하나는 야근이 있단 거고, 몇 안 되는 좋은 점은 그 단어를 넣으면 거의 모든 경우에 대해 면죄부를 받는 마법의 문장이 완성된다는 점이다.

"어떡하지? 나 오늘 야근이야."

야근이라니. 조직 생활을 해본 경험이 있는 사람들이라면 으레 공감이 바탕이 된 동정을 하게 되는 말이다. 그 슬프고 잔인한 단어에 대고 쯧쯧 혀를 차다 보면 뒤따르는 다음 문장은 흘려듣기 십상이다.

"……그래서 오늘 못 볼 것 같아."

행여 잘 들었더라도 안타까운 마음이 앞서 그냥 토닥여주고 만다. 못내 아쉽고 서운하고 화가 날 때도 있지만 눈물 이모티콘과 함께 다음을 기약하며 넘어간다. 같은 신세니만큼 야근의 거북스러운 부담감을 너무나 잘 알기 때문에.

이후 다시 자리로 돌아가 야근을 할 때도 많지만 그러지 않는 경우도 있다. 사실 야근하는 날이 아니었으니까.

발걸음은 약속 장소 대신 집으로 향한다. 결코 거창하진 않은, 소소하고 사소하기까지 한 뭔가를 위해서 간다.

예를 들면 집밥 먹기, 주말에 덜 본 드라마 마저 보기, 책 읽기, 홈 트레이닝(고작 팔굽혀 펴기 몇 번이긴 해도), 누워서 빈둥대기. 우정에 비해선 별거 아닐 수도 있는 그 뭔가가 오늘의 나에겐 너무 필요했다.

이런 식으로 약속을 물리는 경우는 급정지하는 버스나 몰려오는 화장실의 부름처럼 갑자기 결정된다. 핑계에 지나지 않겠지만 굳이 이유를 대자면 지쳐서다. 업무와 사람 사이에서 지쳐가는 몸과 마음은 일이 특히 많거나 상사가 변덕스러운 날엔 누더기마냥 해진다.

피로를 끌어안고 사는 게 직장인의 숙명이라지만 완전히 방전됐을 땐 정말로 어쩔 수가 없다. 업무를 쳐내느라 진이 빠진 데다 짜증 한 사발씩 받아내면 모든 게 귀찮다. 하루의 고단함을 술 한잔하며 풀고픈 마음이 든다면 그나마 버틸 만했던 날인 거다. 한계치에 다다르면 친구도 만나기 싫고 술도 싫고 번화가는 더 싫어진다. 말 그대로 지쳐버렸기에 입도 벙긋하고 싶지 않아진다. 그냥 방구석에나 들어가 그대로 드러누워야지.

언제나 변명거리는 풍부하고 길기까지 하다. 그렇게 관계에 지치고 사람에게 질렸다며 몸과 마음이 피폐해졌음을 느끼는 순간, 메시지를 보낸다. '나 오늘 야근해야 할 것 같아.' 종로에서 뺨 맞고 한강 가서 눈 흘긴다더니 의도한 건 아니었지만 매우 의도적으로 지인들을 바람맞힌 셈이 됐다. 야근한다며 취소한 약속이 스무 건은 되는데 그중에 다섯 번은 가짜 야근이었다. 솔직하지 못했던 점이 더 미안하다만 진짜 이유가 괜한 화만 불러일으키진 않을까 싶어 갖다 붙여버린 그 이름, 야근.

소주나 한잔하자던 친구야, 그날 나 야근 아니었어. 너무 피곤해서 집 가서 일찍 잤어. 언젠가의 여자친구야, 그때 회사가 아니라 헬스장이었어. 운동 끝나고 만나자고 하면 너무 서운해할 거 같아서 그냥 야근한다고 했었어. 여러분들아, 모임 있던 날 별로 떠들고 싶은 마음이 아니더라. 그래서 야근이라 말하고 집에서 혼자 드라마 봤어.

귀찮아서 그랬던 게 아니라 보기 싫어서 그랬던 건 더 아니라…… 긴 변명 한번 들어봐 줄래? (술도 살게) 사실 그때 나 야근하는 날 아니었어.

행복한 나르시시스트가 되겠어

누구나 매년 초면 신년 계획을 세우곤 한다. 지킬지 못 지킬지 알 수는 없지만 으레 챙기게 되는 연례 행사다. 비스듬히 누워 보던 TV를 끄고 책상 앞에 앉았다. 포커 게

임의 투 페어를 연상시키는 2020년, 이젠 만으로도 거부할 수 없는 30대를 맞이하며 올해는 첫 달에 꼭 계획표를 짜야겠다고 다짐했다.

메이저리거 오타니 쇼헤이의 성공 비결로 화제가 됐던 '만다라트(브레인스토밍처럼 아이디어를 다양하게 발상하고 확산하는 사고 기법)'를 참고하기로 했다. 중심 목표를 기준으로 세부 목표를 잡고 다시 거기에 맞는 액션 플랜을 설정한다.

7시 방향에는 '행복한 나르시시스트 되기'라는 목표가 적혔다. 자기애를 지칭하는 단어 '나르시시즘(Narcissism)'의 유래인 나르키소스 이야기를 처음 읽었던 기억이 어렴풋이 난다. 저 잘난 맛에 취해 혼자 잘 살아가다 물에 비친 제 모습에 반해 상사병으로 죽은 이상한 놈이었다.

자기애가 넘치는 나르키소스는 그 동네의 모난 돌이었지 싶다. 자식, 신도 아니면서 세상 혼자 살아간다며 여기저기서 뒷담화도 있었을 테고.

그리스·로마 신화가 언제적 작품인진 몰라도 21세기에도 모난 놈을 탐탁지 않아 하는 시선은 여전하다. 말 잘들으면 내 새끼, 안 맞으면 그 새끼인 부족 사회에선 튈수록 지내기 힘겹다. 그런 부분에서 남 눈치 보지 않고 또 주눅 들지 않고 산 나르키소스는 가장 행복했을 거다. 욕을 먹든 어쨌든 결국엔 그런 부류가 위너다.

'행복한 나르시시스트 되기'는 단순히 '남 눈치 보지 말자!', '나를 믿자!'보다 뭔가 드라마틱한 타이틀이 잡고 싶어 써넣은 문장이다. 말에 휘둘리지 않기 위해서는 맘이 먼저 단단해져야 한다. 그 시동을 거는 주문으로 새 비밀번호를 정했고. 하루에 몇 번이고 써보는 최.고.라는 글자에 발맞춰 씩씩하고 당찬 하루를 위한 액션 플랜을 설정했다.

하나. 출근 전 거울 보고 웃기

둘. 너무 골똘히 생각 말기

셋. 기죽지 말기

넷. 흘려들을 건 듣기도 전에 바로 흘리기

다섯. 어쩌라고? 마인드 갖기

할 말은 많지만 하지 않겠다는 참을성은 응원하지만 그 고생 끝에 찾아올 게 즐거울 낙(樂)일지 떨어질 낙(落)일지는 잘 모르겠다. 예의 없이 행동하거나 주변에 피해를 주지만 않는다면 말도 탈도 많은 회사 내에서 나르시스트만큼 행복한 사람도 드물 거다. 민망해서 아껴둔 진심 혹은 소망을 올해부턴 오픈하는 건 어떨까?

난 사실 잘났다. 예쁘다. 잘생겼다. 힙하다. 똑똑하다. 센스 있다…….

새해 첫 출근을 해서 PC를 켜고 [암호 변경] 탭을 클릭했다. 새로운 비밀번호는 '내가 최고다'. 타자 치는 손가락이 오그라들어 주먹손으로 눌러야 할 수도 있겠지만 그래도 최소 매일 한 번은 내가 최고라고 되뇔 거다. 나를 수많은 회사원 중 하나라고 각인시켰던 먼젓번 비밀번호는 '마케터'였다.

언제든지, 또 누구든 대체할 수 있는 자리에 앉아 사원 1, 마케터 1의 일상을 살면 명함 밖 진짜 나는 누군지 잊기 시작한다. 더 큰 톱니바퀴에 기꺼이 고개를 숙인다. 그렇게 위계 속에서 평가에 벌벌 떨고 평판에 가슴 졸이면서도 계속 그 짓을 반복하는 시시포스의 형벌이 이어진다.

나를 중심으로 만들어지는 세계다. 어떤 마음인가에 따라 모든 것이 달라질 수 있다. 그래서 오늘부로 좀 더 행복해지기로 했다. 행복한 나르시시스트가 되기로 했다.

어쩌다 보니
성숙해졌다

슬기로운 친구 생활

의사 친구들의 일상을 다룬 드라마를 재밌게 보았다. 한 병원에서 근무하는 네 명의 친구들은 밥도 같이 먹고 놀기도 같이 논다. 드라마라서 그런 것도 있겠지만 병원에 묶여 있는 시간이 절대적으로 많은 직업 특성상 곧잘 마주치는 게 당연하고, 네 친구는 정말로 자주 본다. 마치 서로 말곤 친구가 없다는 것처럼.

친구를 소재로 만들어진 콘텐츠는 참 많다. 대놓고 제목에 들어가는 것만 해도 영화에 드라마에 노래까지 몇 가지나 떠오를 정도다. 가족 다음으로 가장 가까울 이 친구라는 관계엔 참 요상한 애틋함이 넘친다. 점잖던 의사끼리조차 "누가 찌개 건더기 제일 많이 먹었냐"며 대판 싸

우는 일이 허다하니 말 다 했다. 걷다가 발을 삐끗하면 옆에서 배를 잡고 웃는, 불난 집에 부채질하는 그런 친구 사이. 물론 큰불 말고 모닥불 수준까지만.

가재는 게 편, 草綠同色, Birds of a feather flock together. 끼리끼리 논다는 속담이 동서양을 막론하고 쓰이는 걸 보면 정말로 비슷한 놈들끼리 친구 먹긴 하나 보다. 내 친구도 그런 것 같고 그 친구의 친구들도 그래 보인다. 같은 밭에 서 있는 허수아비들은 한 짚단에서 만들어졌고 줄줄이 매인 만국기는 같은 프린터에서 인쇄됐다.

학창 시절 동여매진 어설프지만 끈끈한 매듭은 취업하는 시기에 슬쩍 헐거워진다. 함께 교복 바지를 줄이고 매점으로 질주하던 친구들이 소원해진 듯한 느낌을 받은 적이 있다면 관계에 노란불이 켜진 거다. 상투적인 새해 인사나 생일 안부만 묻는 사이로 변해버렸다면 빨간 불이 들어온 상황에까지 닿은 거고.

지난 주말엔 대학 친구들과 캠핑을 다녀왔다. 어느덧 8년째. 빠른 연생이지만 덩치부터 가장 의젓한 한 명이 위스키잔에 얼음을 담으며 말했다.

"학교 다닐 때만 해도 다 친했던 것 같은데 이제 맘 터놓고 보는 사이도 너네뿐이네. 내 앞가림도 하기 힘드니 누구 챙기기가 쉽지 않다."

직장 생활을 하면서 점점 깔때기형이 되어가는 인간관계엔 모르는 새 여기저기 필터가 설치되어 있다. 친했던 사이에서조차 언제 발동할지 모르는 그것은 마치 자석의 척력과 비슷하다.

삼십 대부터 본격적인 사회 초년생의 삶이 시작된다. 챙길 것도 많아졌을뿐더러 걱정거리도 한둘이 아니다. 위로가 필요하고 직장에서의 고민에 대해서도 이야기를 나누고 싶다. 사업하는 친구, 회사원 친구, 아직 공부하는 친구까지 여전히 똑같이 소중하지만 그중에서도 더 자주 연락하는 친구들이 생겨났다.

둘러싼 상황에 맞게 각자의 공감 주파수 대역대가 설정된다. 저 친구보다 이 친구와 자주 이야기하게 되는 건 좋고 나쁘고의 문제가 아니라 서로의 파장이 맞기 때문일 거다.

직장 생활의 시작은 생각보다 많은 변화를 수반한다. 학교라는 큰 그늘에서 벗어나니 여태껏 보지 못한 등 뒤의 그림자가 보이기 시작한다. 모양도 다르고 크기도 다르고 가끔은 짙은 정도까지 달라 보일 때도 있다. 관계에도 크고 작은 지각변동이 일어날 수 있는 시기다.

사회인이 되어가며 관계 맺기의 중요성과 유지의 어려움을 알아가는 참이다. 친할수록 또 함께한 시간이 오래

됐을수록 쉽지 않단 걸 느끼지만 우리는 잘 해낼 수 있을 거다. 진심과 배려, 편안함이 있어야 오래간다는, 다소 진부하게 보일 수도 있는 슬기로운 친구 생활을.

아빠는 퇴근길에 종종 뭔가를 사 오셨다

"얘들아, 아빠 왔다" 하는 목소리가 들리면 초등학교 저학년인 나와 유치원생 동생은 잠옷 바람으로 뛰어나왔다. 볼 뽀뽀 두어 번으로 기분 좋게 내미시는 묵직한 비닐봉투 안에는 치킨이나 맛난 것들이 들어 있었다. 아버지의 퇴근길 선물에는 일정한 패턴이 있었으니 저녁 10시 이후, 약주 한잔하신 후, 그리고 메뉴는 보통 치킨이나 족발, 보쌈이었다. 중학생이 되면서부터 아버지의 귀가를 내 방에서 맞이했다. 현관까지 대충 들릴만한 "다녀오셨습니까"란 인사말과 함께. 변함없이 아버지 손에는 음식점 봉투가 들려 있었지만 우리의 태도는 변했다. 되려 내 방으로 오셔서 나와서 이것 좀 먹어보라시던 아버지 말에 쌀쌀맞고 짧게 '네'라는 대답만 했을 뿐이었다. 동생도 마찬가지였다. 우리는 더 이상 뛰쳐나가지 않았다. 지금 생각해 보면 그때 그 봉투 안에 가득 들어 있던 건 치킨이 아니라 아버지의 사랑과 마음이 아니었을까 싶다.

추운 날 식을까 봐 품에 꼭 안고 오셨을 봉투는 아무도 나오지 않은 식탁에서 차갑게 식어갔을 거다. 그럼에도 불구하고 아버지께서는 그 뒤 퇴근길에서도 종종 뭔가를 손에 들고 들어오셨다. 변함없이 나와 동생을 찾으셨고 우리가 먹는 모습을 바라보며 변함없는 미소를 지으셨다. 그때만 생각하면 죄송스럽기만 하다. 부모님이 고생하시고 들어오시면 나와서 맞아드리는 것이 자식된 도리이거늘. 회초리로 좀 맞았어야 정신 차렸을 텐데 싶기도 하고. 이래서 공원 벤치에서 팩 소주 드시던 할아버지들은 자식새끼 키워봐야 아무 소용없다고 하셨나 보다.

퇴근 후 회사 선배와 골뱅이 소면에 맥주 딱 한 잔만 하고 집 가는 길에 본 대왕 카스텔라 집에 들렀다. 부모님은 별로 안 좋아하실 스타일의 디저트를 하나 샀다. 직장인이 된 내가 처음 집에 뭔가를 사간 날이었다. 왠지 부모님은 처음 드실 것 같기도 했고 이게 또 유행이라니깐 한 번 맛보여 드리고 싶어서. 돈도 없을 텐데 뭘 이런 걸 다 사왔냐는 어머니와(엄마, 나도 월급이란 이름의 쥐꼬리를 받긴 해) 기름지기만 하고 별 맛없다시면서도 거의 반을 드신 아버지는 하신 말씀과 다르게 웃고 계셨다.

부모님께선 어딜 가시든 빈손으로 돌아오신 날이 없었

다. 오시거든 나와 동생을 불러 자그마한 것이라도 꼭 손에 쥐여주셨는데, 부모님이 여행지나 출장지에서 느끼셨을 그 순간을 공유하는 느낌이 참 좋았다. 맥주를 한 잔하고 딱 알맞은 알딸딸함을 느끼는 내 손에서 달랑대던 카스텔라 봉지. 그리고 뜻밖의 소소한 선물로 즐거워하실 부모님을 생각하며 더 행복해지는 나. 20년 전 아버지의 그 귀갓길을 이젠 내가 걸어간다.

아버지께선 퇴근길에 종종 뭔가를 사 오셨다. 어머니께선 귀갓길에 종종 뭔가를 사 오셨다. 그 예쁜 마음은 이젠 나의 퇴근길로까지 이어진다. 좋은 것을 볼 때 누군가와 같이 봤으면 하고, 맛있는 걸 먹을 때 함께 먹었으면 싶은 건 행복한 순간을 공유하고 싶은 마음이란다. 소중한 사람을 아끼고 생각하는 일. 그런 모습을 보고 경험하며 자랐다는 점에서 부모님께 정말 감사드린다. 사랑받고 자랐기에 사랑을 주는 사람으로 성장할 수 있었으니까.

그래서 이번엔 감사해 보기로 했다

입사 4주년 해를 맞아 옛 메일 계정을 열어봤다. '○○채용담당자입니다'로 시작하는 메일이 한가득 쌓여 있었다. 지금은 사용하지 않는 이 계정에 2016년 신입사원 공채 땐 하루 몇 번이고 접속했었다.

홈 화면으로 빠져나가려다가 어플 좌측 상단 메뉴에 손이 갔다. 임시 보관함. 당시 썼던 자기소개서와 면접 예상 질문이 빼곡히 쌓여 있었다. 옷장 깊숙이 박혀 있던 상자를 여는 기분이었다. 마침 주말 낮이라 시간도 있겠다, 차례로 열어봤다. 생각보다 양이 많아 속독하듯 대각선으로 읽어나가다 어느 항목에 눈이 멈췄다.

* 멘토/롤 모델은 누구인가?

저의 멘토는 고등학교 시절 영어 선생님입니다. 선생님께서는 주어진 것에 감사하는 법을 알려주셨습니다. 성적이 잘 오르지 않아 마음고생하던 제게, 도전의 기회를 부여받았음에 감사하는 마음을 바탕으로 발전하자고 하셨습니다.

그때 선생님께 배운 매사에 감사하는 마음은 그 후에도 어려움에 부닥쳤을 때 차근차근 방향을 찾아 나가는 데 큰 도움이 되고 있습니다. ㅇㅇ에서 업무를 수행함에 있어서도 제게 주어진 성장의 기회에 감사하고자 합니다.

소름. 도전의 기회를 부여받았음에 감사한단다. 매사에 감사한단다. 성장의 기회에 감사하겠단다. 이제는 다소 옅어진 감사의 정신으로 무장했던 4년 전 오늘은 입사 지원서를 낸 날이었다.

신입사원 공채에 합격했던 순간은 유치원에서 도시락 뚜껑을 열 때와 비슷했다. 농부 아저씨와 부모님께 고마운 마음으로 식사하자는 노래를 부르며 따끈한 밥을 먹을 수 있어 정말 행복했던 기억. 사원증을 목에 걸자 그때의 밥 내음처럼 감사함이 피어났다.

연차가 쌓이니 안 좋은 것부터 먼저 보인다. 악습이나 꼰대, 상명하복같이 지랄 맞은 것들이 눈앞에 가득한데 감사가 다 무엇일까. 실낱같이 남아 있던 마음마저 희미해져 가는 마당에. 수당 없는 야근을 자정까지 하는 내가 너무 불쌍해서, 받는 이상으로 일하는데 따뜻한 한마디 듣지 못하는 모습이 안타까워서, 조직에 덧정 없어지는 현실이 슬퍼서 감사는 늘 뒷전이었다.

입맛만큼 기분도 자극적인 쪽으로 쏠린다. 개중에 슬픔이나 화는 마치 라면수프 같아서 소량으로도 다른 정서를 금세 덮어버린다. 감사라는 마음은 대체로 담백하니 다른 강렬한 감정들에 밀려 뒷전이 되는 경우가 허다하다.

하나하나 뜯어보면 회사에서도 분명 감사한 일이 많다. 사회 첫 동료인 동기들, 초짜 시절 만난 선배들, (나는 친하다고 생각하는) 후배들에 대한 마음, 본부를 옮기며 신입 아닌 신입이 됐을 때 누나처럼, 형처럼 챙겨준 새로운 팀원들도 다 고마움의 대상이었다.

이따금 화가 치밀어 오르는 일도 있었지만 이젠 그마저도 감사하다. 덕분에 그런 경험도 쌓을 수 있었으니까. 회사원으로서의 고뇌와 현실에 대한 실망, 체념 등을 느낀 순간조차 고맙다. 부정적인 감정에도 이젠 어느 정도 내성이 생겼을 테니. 억지로라도 감사할 지점을 찾아보니 의외로 마음이 편해졌다. 그렇지만 아직 더부룩한 느낌은 왜일지.

퇴근하자마자 켠 스피커에선 봄여름가을겨울이 부른 〈브라보 마이 라이프〉가 흘러나왔다. 지금껏 달려온 너의 용기를 위해 Bravo를 외친다는 가사가 귀에 꽂히는 걸 보면 나도 참 고생했구나 싶다. 그렇게 달려온 회사원 라이프가 어느덧 5년 차에 접어들었다.

감사의 대상에서 나를 빼먹었었다. 가장 인정받아 마땅했는데. 그래서 이번엔 나에게 감사해 보기로 했다.

일찍 출근하고 늦게 퇴근하는데도 건강해 줘서 고맙다, 스트레스에 지치지 않아 줘서 참 고맙다, 감정적으로 때려치우지 않아서 정말 고맙다.

마침내 트림 한번 시원하게 해냈다.

고마운 것들에 대한
감사만은 끝나지 않길 바라요

나의 회사생활기라고는 하지만 어쩌면 이 글은 모두의 이야기일지도 모르겠다. 적어도 함께 직장 생활 중인 친구들과 선후배, 동기들, 회사원 아들딸을 둔 부모님께는.

완성되기까지 많은 분의 도움이 있었다. 가족, 친구, 함께 입사한 동기들과 웃고 울며 보낸 일상 속에서 특히나 땀과 눈물이 한껏 밴 날들을 모았다. 출근길 지옥철에서의 고난 아닌 고난에, 야근으로 밤을 지새우기도 하고, 상처를 주기도 하고 받기도 하던 우리들의 소중한 이야기들이다.

대기업 들어가면 끝나는 줄 알았다. 그런데 그게 아니었다. 산을 넘었더니 더 높고 험한 바위산이 그 앞에 있었다.

내 집 마련하면 끝나는 줄 알았는데 → 결혼식장 들어

가면 끝나는 줄 알았는데 → 애 낳으면 끝나는 줄 알았는데 → 자식 상견례 하면 끝나는 줄 알았는데 → 손주 보면 끝나는 줄 알았는데 → 실버타운 들어가면 끝나는 줄 알았는데(사후 세계가 있다면 아마 계속 이어지겠지. 무덤 들어가면 끝나는 줄 알았는데, 제삿밥 받아먹으면 끝나는 줄 알았는데).

여전히 끝났으면 좋겠다 싶은 일들이 대부분이긴 하지만 끝나지 않았으면 하는 것도 생겨났다. 고마워하는 마음, 감사할 줄 아는 마음, 그리고 사랑하는 사람들을 더 사랑하려는 내 마음은 계속됐으면 좋겠다.

어쩌면 투정으로 비칠 수 있을 신입사원의 에세이를 읽느라 귀한 시간을 함께 보내주신 여러분께 감사드린다. 사회생활하는 우리의 오늘이 얼마나 바쁘고 피곤한지 너무나 잘 알고 있으니까.

글을 읽어주신 엄마, 아빠, 형, 누나, 동생, 친구, 동기분들에 대한 제 마음처럼, 고마운 것들에 대한 감사만은 끝나지 않길 바라요.

대기업 들어가면
끝나는 줄 알았는데

초판 1쇄 발행	2022년 4월 13일
지은이	유환기
펴낸곳	(주)행성비
펴낸이	임태주
책임편집	이세원
디자인	이유진
출판등록번호	제2010-000208호
주소	경기도 파주시 문발로 119 모퉁이돌 303호
대표전화	031-8071-5913
팩스	0505-115-5917
이메일	hangseongb@naver.com
홈페이지	www.planetb.co.kr

ISBN 979-11-6471-183-3 (03810)

행성B는 독자 여러분의 참신한 기획 아이디어와 독창적인 원고를 기다리고 있습니다.
hangseongb@naver.com으로 보내 주시면 소중하게 검토하겠습니다.